アザゼル～緋の罪業～

欧州妖異譚25

篠原美季

講談社X文庫

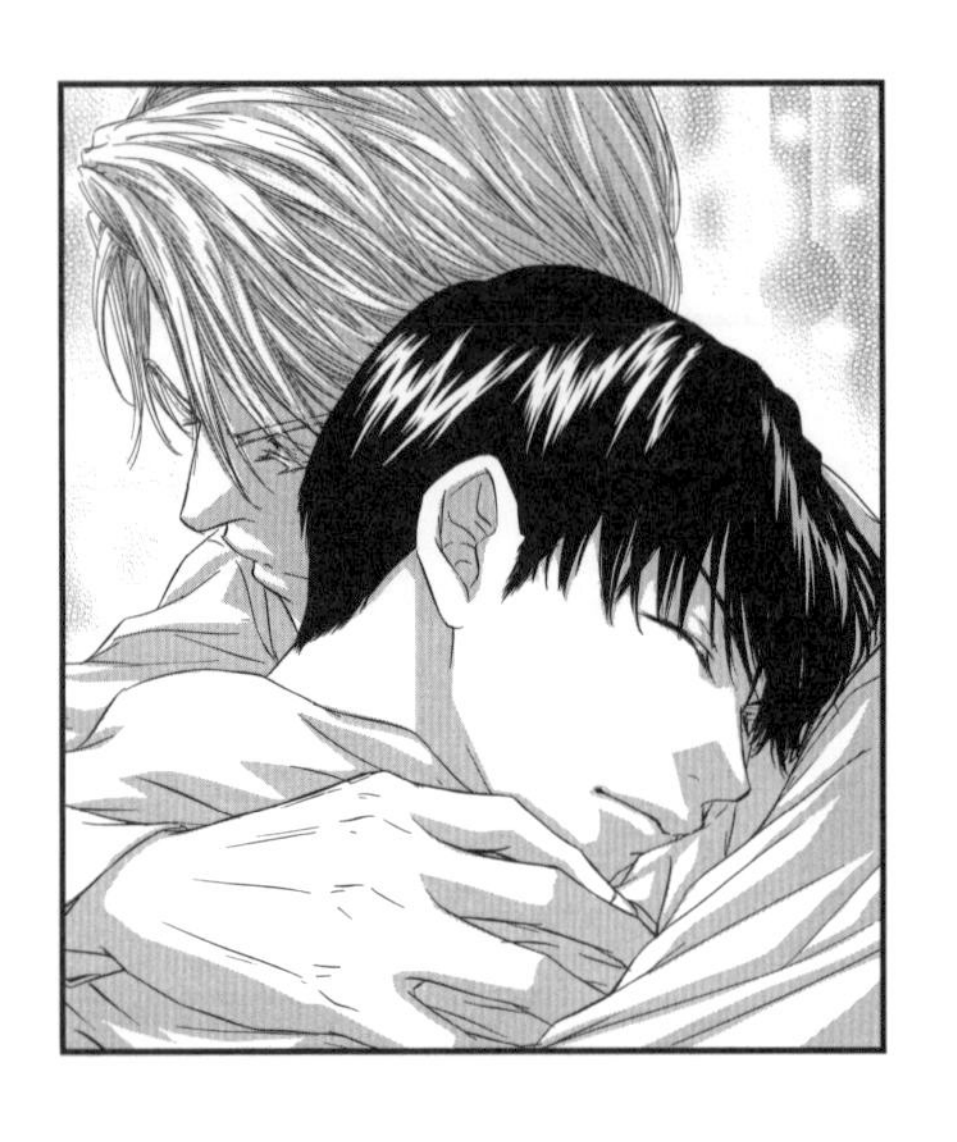

目次

CHARACTERS

ユウリ・フォーダム
イギリス貴族の父、日本人の母の下に生まれる。霊や妖精が見えるなど、不思議な力を持っている。

シモン・ド・ベルジュ
フランス貴族の末裔。実務に優れた美貌の貴公子。ユウリの親友で現在はパリ大学に在学中。

アザゼル～緋の罪業～　欧州妖異譚25

アンリ・ド・ベルジュ

シモンの異母弟。ユウリの家に居候している、良き相談相手。

イラストレーション／かわい千草(ちぐさ)

アザゼル〜緋の罪業〜

序章

ジャラジャラッと。

音をたてて、目の前に太い鎖が置かれた。

不意をつかれ、驚きとともに顔をあげたミスター・シンは、左右で色の違う目をしばたたかせてそこに立っている男を見あげる。

やけに背が高い。

しかも、長い金髪を後ろで結わえた姿は、どこかルネッサンス絵画に描かれる天使の姿を思わせた。

服装も、白い服ではないものの、夏だというのに丈の長い中世風のコートを着ている。

（……タイムスリップでもしてきたか）

それは、男の出で立ちからの連想であったが、彼の脳裏にそんなバカな考えがよぎった原因の一つは、店の扉が開く音がいっさいしなかったことにもあった。まるで空間が揺らいで、そこから湧いて出たかのように、気づくと男が目の前にいたのだ。

もっとも、世に「いわくつき」と呼ばれる品々を引き取ったり預かったりするという一風変わった商売を長年やってきたミスター・シンにとって、この手の摩訶不思議は、日常茶飯事――とまではいかなくとも、たまに起こりうることである。

だから、驚きもすぐに引き、彼は笑顔で応じた。

「――いらっしゃい」

それから、改めて鎖を見おろして訊く。

「ご要望は、これを、ここに預けたいということでしょうか？」

「ああ」

うなずいた相手が、訊き返す。

「ここは、その手のものを預かってくれる場所だと耳にしたことがあるのでね。――どうだろう、預かってもらえないか？」

「そうですね……」

ミスター・シンは、考え込むように左右で色の違う瞳を翳らせて、じっと鎖を見おろした。

ややあって、神託を告げるような重々しい声で「まず」と言う。

「魔が逃げた痕跡がありますが、これ自体に問題はなさそうに思えます」

それなのに預ける意味があるのかと言外に匂わせながら、ミスター・シンは鎖から男に視線を移して訊く。

「なにか、別にご事情がおありですか?」

「まあ、そうだが、その事情を、ここで説明する気はない。——ただ、ここに置いておくのが、こちらの計算上もっとも効率がよさそうなので、そうしたいんだが、どうだ、預かってもらえるか?」

重ねて問われたミスター・シンは、いささか困惑を隠せずに言う。

「預かるのは構いませんが、はっきり言って、面倒事は困ります。——なにせ、ここにはけっこうな力を持つモノが数多く眠っておりますから」

「もちろん、わかっている」

答えた男が、「心配せずとも」と続けた。

「この鎖を巡ってなにか面倒事が起きた時は、それを片づける者を遣わすから、それに任せておけばいい」

「片づける者を……ですか」

簡単に言ってくれるが、本当にそれを鵜呑(うの)みにしていいものかどうか。

だが、どうやら、彼がごねたところでこの流れは変えられそうにないと判断したミスター・シンは、さまざまな覚悟をしつつ、「それなら」と肩をすくめて了承する。所詮(しょせん)は、これも運命だ。

「お好きにどうぞ――」

数日後。

ミスター・シンは、知人から、イギリス西南部のパブリックスクールで消え失せ、ここ二ヵ月ほど行方不明になっていた青年が、パリの街中にひょっこり現れたというニュースを聞かされた。

世の中には、不思議なことがあんがい多いものである。

さらに、それから二年半近い月日が慌ただしく流れ、その間、繰り返される日常に埋没したまま、いつしか、ミスター・シンは、この時に預かった鎖のことなどきれいさっぱり忘れ去ってしまった。

第一章　深淵（しんえん）からの訪問者

1

（――ほう）

ロンドンの骨董市（こっとういち）を漂うように歩いていた男は、通り過ぎた青年を振り返ってしみじみと眺めた。そんな男のまわりを、人々がわれ関せずといった様子で往来する。まるで、その場に立ち止まっている彼の姿など見えていないかのように――。

（こやつ、私を呼んだな）

男の目の先にいるのは、浅黒い肌をした精悍（せいかん）な顔立ちの青年だ。

背はさほど高くないが、見目は決して悪くない。

だが、男の目に映っているのはそんな外見的なことではなく、青年の中で渦巻く飽くなき願望のほうだった。

出口を求めてはち切れそうな転身願望。

（いや、呼んだというより、その名によって叫び続けているのか。――なんと、憐れな）

悪魔めいた顔で皮肉げに笑った男は、青年のほうに一歩を踏み出した。

次の瞬間――。

その姿が、人混みに紛れるように消え失せる。

だが、そのことに気づいた人間はいなかったようで、通りでは、特に混乱が起きるでもなく、いつもと変わらない、まったりとした時間が流れていた。

2

冷たい風の中にも、かすかに春の息吹が感じられるようになってきた二月中旬。

ユウリ・フォーダムは、パブリックスクール時代からの親友であるシモン・ド・ベルジュとフランス南部の小さな街に観光に来ていた。

その頃になると、香水で有名なこのあたりではミモザ祭りが開催される。

黄色い花が艶やかに咲くミモザは、日本の梅と同じく、フランスに春を告げる花として知られていて、街中のカフェに陣取る彼らのまわりでも、道端にはびこる花々が芳醇な香りを放っていた。

「――え、それなら、シモン」

カフェオレの入ったカップを皿に戻しながら、ユウリがどこか嬉しそうに訊き返す。

「大学の冬休み期間中は、基本、ロンドンにいるんだ？」

煙るような漆黒の瞳。

黒絹のような艶やかな髪。

東洋系の顔立ちをしているという以外特に目立った容姿をしているわけではないユウリであるが、近くで接していると、まるで神域にでもいるような清々しさに包まれ、誰もが自然と癒(い)やされていく。そのうえ、どこか異界の住人を思わせる浮き世離れした雰囲気をまとっていて、それがいっそうそばにいる人間を惹(ひ)きつけた。

その筆頭が、目の前で優雅にコーヒーをすすっているシモンである。

白く輝く淡い金の髪。

南の海のように澄んだ水色の瞳。

寸分の狂いもなく整った顔はまさに神の起こした奇跡であり、立ち居振る舞いの一つ一つが洗練され尽くしているため、大天使のような神々しい容姿と相まって、どんなところにいても人の目を引かずにはいられない。

しかも、完璧(かんぺき)なのは容姿だけでなく、彼はヨーロッパ随一の資産家として知られる名門ベルジュ家の御曹司であり、その名を継ぐにふさわしい才覚の持ち主でもあった。

当然、一族の者たちは、シモンがこの世に存在する限り、ベルジュ・グループは安泰だと信じきっている。

そんな人々の期待を一身に背負う彼は、まだパリ大学に在学中の身でありながら、すでに事業の一部門を担い、忙(せわ)しない日々を過ごしていた。フランスで暮らす彼が大学の冬休みをロンドンで過ごすことになりそうなのも、仕事ゆえのことである。

ちなみに、フランスとイギリスでは大学の休みがずれていて、その期間、ロンドン大学に通うユウリは、ふつうに授業がある。その代わり、イギリスの大学の冬休みに相当するクリスマス休みや春休みがフランスより一週間以上長い。

「うん」と母国語で肯定したシモンが、「もっとも」と続けた。

「なんだかんだ、フランスとの往来になりそうだけど」

だとしても、シモンがロンドンにいてくれたら、どんな間隙でも縫って会えることを思えば、ふだんとは全然違う。

ユウリが期待を込めて言う。

「それでも、うちに泊まるなら、朝食とか一緒に食べられるわけだし」

だが、意外にも、シモンの答えは否定だった。

「ああ、うん、そうだね。僕もそうしたいのはやまやまだけど、今回、君のところに泊めてもらうのは週末くらいにしようと思っているんだ」

「え、本当に？」

ユウリの声に、落胆がにじむ。たとえ会えなくても、同じ空間にいるだけで心が浮き立つのだが、それが叶わないと知ってがっかりしたのだ。

その想いのまま、尋ね返す。

「なんで？」

「いや、ほら。仕事となると出入りの時間も定かではなくなって迷惑がかかるだろう」

「そんなの、気にしなくていいのに」

「ありがとう」

優雅に微笑んだシモンが、「ただ」と人差し指をあげて指摘する。

「ユウリはそうでも、実際に家を管理するエヴァンズ氏の負担が大きくなるのは避けられないわけで……。ああ、もちろん、彼が完璧にこなしてくれるのはわかっているけど、それだけに、彼に給料を支払っているわけでもない僕が、そこまで面倒はかけられないということだよ。僕自身、ホテルを活動拠点にしてしまったほうが、気が楽だし」

「――そうか」

たしかに、言うだけなら簡単だが、実際に遊びではないシモンの予定に合わせて日常生活を完璧に整えるのは、それなりに気を使うし、一苦労だ。シモンが言うように、雇用関係にあれば、それも当然のこととして両者とも振る舞えるのだろうが、そうでなければ遠慮も生じる。

シモン自身、プロフェッショナルな関係の中に身を置いたほうがやりやすいのだろう。

理解したユウリが、提案する。

「でも、それならそれで、時間がある時は夕食を食べに来てくれる？」

「もちろん、それはぜひともそうしたいけど、それだって、前もって連絡するのはなかなか難しいかもしれない」

「急でも全然構わないよ。エヴァンズたちの負担にならないよう、僕の分をシェアすればいいだけだし、足りなそうなら、なんでもいいからテイクアウトを買ってきてって、連絡をもらった時点で伝える。——でも、たぶん家にはパンでも果物でも、お腹の足しになりそうなものはいくらでもストックがあるはずだから、シモンさえ面倒でなければ、いつでも来て」

「そんなことを言われたら、毎日顔を出しそうだけど？」

「いいよ。ご飯だけ食べて、ホテルに戻ればいい。シモンにその気があるなら、実際にその日に来る予定がなかったとしても、エヴァンズ夫人は心持ち多めに作っておいてくれそうだし」

「そうか。そうだね」

なんだかんだ、シモンも一日の終わりをユウリとの団欒で締めくくるという誘惑には抗えなかったようで、完全に乗り気になって応じた。

「それなら、先にわかっているだけでも、夜の予定を知らせておくよ。——あとは、随時わかり次第連絡を入れるようにする」

「わかった。それはそれで、準備をするほうは助かると思う。……ただ、そのあたり、あまり気にしなくても、あの人たちは父で慣れているだろうから」

ユウリの父親であるレイモンドは、世界のオピニオン・リーダーとして注目を浴びる科学者で多忙を極める。当然、夕食を急にキャンセルするなど日常茶飯事で、料理上手なエヴァンズ夫人は、それを見越したうえで、多からず少なからずといったちょうどいいくらいの分量を作るのに長けていた。

苦笑気味に応じたユウリに対し、シモンが「時に、ユウリ」と軽く顎をあげて注意をうながした。

「さっきから、君のケータイが鳴っているみたいだよ」

「――え？」

慌てて見おろしたユウリは、リュックのサイドポケットに突っ込んであった携帯電話を引っぱり出して納得する。

「ホントだ」

それから、発信者を確認して少し驚いた。

「あれ、父からだ。珍しい」

まさに、噂をすれば……である。

のんびりしているユウリに対し、シモンが急かすように言った。

「それなら、切れる前に出たほうがいい」

「あ、うん」

幸い、彼らは道に張り出したテラス席にいるため、電話で話してもさほどまわりに迷惑がかからない。

そこで、ユウリは電話に出る。

「もしもし？」

『やあ、ユウリ』

耳元に響く知的でやわらかな声。

その背後にかすかにざわめきが混じっているのは、父親が喧騒の中に身を置いているせいだろう。

レイモンドが続ける。

『久しぶりだけど、元気にしていたかい？』

「うん。お父さんこそ」

『私も元気だよ。——それで、家に電話したら、お前がフランスに行っていると聞いたものだから』

「ああ、そう。シモンに誘われて、急遽南仏に」

『ああ、ミモザ祭りだね』

「そうだけど、よくわかったね」

『まあ、この時期の南仏といえば、それ以外にないからな』

「ふうん。——それなら、お父さんは、今どこに？」

『ニューヨークだよ』

た。

　驚くユウリに対し、自分のスマートフォンでなにやら調べていたらしいシモンが、スッとその画面を向けてくる。そこには、ニューヨークの老舗書店の本日のイベント情報として、レイモンド・フォーダム博士による講演会兼サイン会のことが大々的に載せられていた。

「ニューヨーク⁉」

　画面を見て納得したユウリが、「それなら」と眉をひそめて懸念を示す。子供たちに対する絶対的信頼を前提とした放任主義であるレイモンドは、ふだん、こんなふうに電話してくることはめったにない。

「そっちでなにかあったとか？」

　だが、父親は明るく笑って答えた。

『そういうわけではないんだが、相手先の都合で来週末の予定が空いたので、もし、お前がヒマなら、少し寒いが、久々に二人で海辺の別荘にでも行かないかと思ったんだ。ちょっとゆっくり話しておきたいこともあるし。──で、もしお前が駄目そうなら、違う依頼を引き受けようかと』

　ニューヨークはまだ午前中のはずである。

　そんな時間にこのような電話をしてくるということは、目の前になんらかの予定が提示されているということであろう。

「別荘？」

ユウリが、声を明るくして訊き返す。

「ワイト島の？」

『うん』

知的でほっそりした外見に似合わず、フィールドワークを得意とするレイモンドは、アウトドアの遊びにも長けていて、ワイト島にある別荘にはボートも所有している。夏場にはよく家族で遊びに行ったが、ここしばらくはすっかりご無沙汰だ。

もちろん、島がにぎわうのは夏のシーズンだが、ユウリは、別荘から見える冬の海もあんがい好きだった。

そこで、「行きたい」と返事をしかけるが、ふと、今しがた、シモンが冬休みをロンドンで過ごすと言っていたことを思い出し、パッと彼のほうを見る。

それに対し、シモンが軽い苦笑とともに小さくうなずいて返事をうながした。父親との予定を優先するようにという意思表示だ。

実際、シモンにとって、今回のロンドン滞在は、週末といえども確実に予定が空くとは限らず、そんなあやふやなスケジュールのために、フォーダム親子の貴重な団欒の時間を妨げたくはない。

それに、最初にユウリが言っていたように、平日でも時間さえ合えば、いくらでも会って話すことはできるのだ。

　シモンの合図を受けている間に、電話口でレイモンドが言った。

『もちろん、無理にとは』

「ううん、無理じゃない。行く。行きたい！　でも、それこそ、お父さんのほうは大丈夫なの？」

『そりゃ、大丈夫だから誘っているんだよ。――ということで、決まりだな。空けておいてくれ』

「わかった。楽しみにしている」

『私も』

　そこで、父親との短い通話を終えたユウリが、携帯電話をしまいながらシモンに礼を言う。

「ごめんね、シモン。でも、勧めてくれてありがとう」

「どういたしまして」

　肩をすくめて応じたシモンが、「それにしても」と言う。

「二人で旅行なんて、珍しいね」

「うん。――実は、うちの父、ボートを所有していて、昔は時々、母と姉のセイラが買い物に行っている間に、僕を乗せて海に出たりしてくれたんだ。最近は、忙しくてそれどころじゃなかったから、すっかりご無沙汰だけど」

「へえ」

意外そうに水色の瞳を大きくしたシモンが、すぐに「でも、まあそうか」と納得する。

「もともと、フィールドワークを得意となさっていたことを思えば、アウトドア系の遊びはお手のものなんだろうし、クルーザーではなくボートというのが、またいいね。フォーダム博士と出るセイリングなんて、きっと万人にとって、垂涎の的だよ。——かく言う僕だって、正直、君が羨ましい」

「そんな」

驚いたユウリが、誘う。

「もし本当にシモンが望むなら、この夏、一緒にセイリングに行きたいって、お父さんに頼んでみるけど？」

「それは、ぜひともお願いしたいな」

すっかり乗り気になったシモンの前で、わずかに表情を翳らせたユウリが、「ただ、今回の旅行は、なんか」と訴える。

「単純に喜んでばかりもいられない気が……」

「そうなのかい？」

「うん」

うなずいたユウリが、続ける。

「会話の流れの中でさらっとだったけど、大事な話があるとほのめかしていたから、それがなんだろうって、今になってちょっとドキドキしてきた」

「へえ」

シモンも意外そうな表情になり、一緒に考え込む。

「たしかに、なんだろうね」

だが、すぐに「そういえば」となにかを思い出したように言い、口元に微笑を浮かべて続けた。

「以前、君、メールで突如『弟ができた』と告げられていたっけ」

「ああ、そんなこともあったね」

応じたユウリが、遅れて「え？」と驚く。

「まさか、また？」

「さあ」

「いや、さすがにそれはないと思う。――ただ、言われて思ったのは、もしかしたら、母がクリスを連れてロンドンに戻ってくるという話かな」

「――ああ、なるほど」

応じたシモンの顔からふと笑みが消えたのは、それが、ユウリのみならず、ベルジュ家にも関わりのある話題だったからだ。

現在、ユウリの母親は二歳になる次男のクリスと日本で暮らしている。

だからといって、ユウリの両親が不仲というわけではなく、幼児の情操教育の場として日本が最適だとお互いが考えていたに過ぎない。その証拠に、ケンブリッジ大学で教鞭を執るレイモンドは、たとえとんぼ返りになったとしても、足繁く日本を訪れ、離れて暮らす家族に淋しい思いをさせないように努めていた。

だが、いくら二人が日本を愛していても、レイモンドはイギリスの子爵であり、クリスにもイギリスでの生活に慣れて欲しいはずだ。ゆえに、言葉を話すようになってきたクリスを、そろそろイギリスで本格的に教育しようと考えている可能性は大いにあった。

そして、そうなると、現在、フォーダム邸に次男を居候させてもらっているベルジュ家も、まったく無関係というわけにはいかなくなってくる。

このまま居候を続けさせるか。

それとも、ベルジュ家のロンドン拠点の整備を早めるか。

もちろん、まだなにもはっきりしたことは決まっていないが、一つの可能性を意識し始めたシモンは感慨深く思う。

（ユウリの卒業を前にして、そろそろいろいろなことが動き始める時期なのか……）

ユウリの未来。

シモンの選択。

そして、二人が目指す関係性。

シモンは、この瞬間、近々、なにかが大きく変わるかもしれないというかすかな気配を捉(とら)えていた。

3

ロンドン大学の近くにある静かなカフェに、一人の女性が座っている。しかも「絶世」と言って差し支えないほどの美女である。

輝く金髪にエメラルド色の瞳。

法科に属するエリザベス・グリーンは、かじりかけのサンドウィッチや冷めかけたコーヒーなどには目もくれず、一心不乱に厚い教科書と法令集を見比べてノートにメモを取っていく。そのひたむきな様子は、美しい彼女に知的な側面を加え、おいそれと声をかけられない雰囲気を醸し出していた。

そんな彼女を、まわりにいる男たちは、まるで牽制(けんせい)し合うかのように遠巻きに見つめている。もちろん、ほぼ全員が赤の他人だ。ただ、オスの本能で、エリザベスを巡り、この場で暗黙のうちに戦いの火ぶたが切られたのである。

あとは、タイミングだ。

へたなアプローチは彼女の不興を買うだけなので、タイミングを計りながらも、みんな一歩が踏み出せずにいる。

そういうオスの一人に、ナアーマ・ベイがいた。

もっとも、彼の場合、ここで初めてエリザベスを見たわけではなく、むしろ、しょっちゅう眺めていると言っていい。

ここにも、彼女のあとを追ってきた。

つまり、ストーカーである。

まだ、直接接触したことはなかったが、今後、彼が、彼女に対してなにかを始めるのは時間の問題だった。

それくらい、夢中になっている。

そもそも、彼が彼女のことを知るきっかけを作ったのは、ユウリだ。――とはいえ、ユウリにはまったく罪がない。以前、さまざまな事情から同じ大学に通うユウリに近づこうと機会を狙っていたベイが、ユウリの近くにいるエリザベスを見かけ、勝手に好きになったに過ぎない。

エリザベスの美貌。

エリザベスの知性。

彼女のそばには、たいてい女優のユマ・コーエンもいたが、造形の美しさでいったら圧倒的にエリザベスが勝る。

（彼女が欲しい――）

いつしか、ベイの心はそのことで埋め尽くされ、常に彼女の姿を追うようになった。おるだろう。

かげで、授業もサボりっぱなしだ。このままでは、大学を卒業できずに終わる可能性もあ

焦る気持ちはあるのだが、わかってはいても、昂ぶる想いは止められない。

彼は、なんとしてもエリザベスが欲しかった。

(欲しい)

(欲しいんだ)

(あの美しい姿と一つになりたい)

ベイは、離れたところから食い入るようにエリザベスの姿を見つめながら、凶暴な想いを募らせる。

(あの肉体は、僕のものだ――!)

そんな彼の目の先では、一人の青年がエリザベスに声をかけ、エリザベスもそれに笑顔で応えて教科書を閉じた。彼女を巡る暗黙の戦いを制したのは、この場にいた男たちではなく、あとからふらりとやってきた、その青年だった。

黒褐色の瞳に黒褐色の髪。

身長が高くて、少し大人びた印象のある青年だ。

彼のことを、ベイは見知っていた。

ユウリとよく一緒にいる仲間の一人で、おそらく名前を「エドモンド・オスカー」とい

うはずだ。

ベイが知る限り、彼はエリザベスより学年が一つ下で、同じく弁護士を目指している。

わからないのは、明らかにエリザベスより見劣りする彼が、なぜ、あのように当然のごとく彼女と親しくしていられるのか――であった。少なくとも、ユウリを囲む仲間の中には、今を時めく若手俳優であるアーサー・オニールという、見た目も経歴も実に華やかな男がいるのだ。

そのオニールや、他にも、時々ロンドンにやってくるフランス人のシモン・ド・ベルジュであれば、その容姿からしてエリザベスとつり合いが取れるというものだが、オスカーは、ダメだ。

まったく、彼女にふさわしくない。

ベイがイライラしながら思ううちにも、オスカーに見守られてサンドウィッチとコーヒーを平らげたエリザベスが、仲睦(なかむつ)まじく席を立ち、歩き去っていく。

オスカーの振る舞いは一貫して紳士然としていて、荷物の多い彼女の代わりにトレイを片づけたり、立ちあがる際には椅子(いす)を引いてやったりしていた。

だが、そんなことはどうでもよく、エリザベスに似合うのは華やかさだ。

高雅な男にエスコートされて優雅にパーティー会場を歩き、海外にある別荘での生活をエンジョイする。

そんな誰もが羨むようなゴージャス感に溢れる生活が、彼女には似合っていた。

大きく溜め息をついたベイは、自分も立ちあがると、彼らとは反対方向に向かって歩き出す。さすがに、今日は、彼女のあとをつけるのをやめて、このまま授業を受けに行こうと思ったのだ。

近道をするために路地に足を踏み入れたベイは、しばらく歩いたところで、目の端をなにか赤いものがヒラヒラと舞っているのに気づいた。

ハッとして見やれば、どこから飛んできたのか、赤く細長いものが蛇のように宙を移動していて、ベイが見ている前で、暗い小路の前に落下した。

(……なんだ?)

近づいたベイは、拾いあげてマジマジと眺める。

(……リボン?)

間違いようがない。

真っ赤なリボンだ。

だが、なぜそんなものが、こんなところにあるのか。

(誰かがプレゼントを開けた時に、風で飛ばされでもしたのか?)

考えながら手の中のリボンを見おろしていると、前方でコツ、コツと靴音がした。

顔をあげた彼の前には、人一人がようやく通れるかどうかというくらいの細い小路があり、奥はまったき闇に包まれている。それはまさに、深淵を覗き込んだような暗さであった。

真っ赤なリボンを手にしたままベイがその場に佇んでいると、突如、そこから人が現れた。しかも、イタリア製のスーツを身にまとったお洒落な紳士で、こんな裏道で出くわすタイプでは絶対にない。

それだけに、驚いたベイが「ひっ」と声をあげて二、三歩さがると、男は薄笑いを浮かべながら彼に言った。

「これは、驚かせてすまない。――ただ、君に用があってね」

「僕に用？」

男の登場だけでも驚かされたというのに、まさか、その見知らぬ男からいきなりそんなことを言われるとは思ってもみなかったベイが、驚愕と、さらに疑心に満ちた声で問い返す。

「……どういうことだ？」

「それは、まあ、なんというか」

はぐらかすように応じた男が、「失礼だが」と訊き返した。

「さっき、君は、ずいぶんと熱心に一人の女性を見つめていただろう？」

ギクリとしたベイが、不信感を露に訊き返す。

「あんた、まさか見ていたのか？」

「ああ」

「どこで？」

「近くで」

　とたん、恥ずかしくなったベイが、喧嘩腰に言う。

「見ていたとして、それがなんだ。別に悪いことはしていないぞ。それに、あんた、そんなことをしているなんて、僕のストーカーじゃないだろうな？」

「違うね。悪いが、君と一緒にしないでほしい」

「――僕と一緒だって？」

　その一言で、ベイは急に怖くなる。

　いったい、この男は、なにを知っているのか。

　実際、最近のベイの行動を逐一チェックしていない限り、彼のストーカー行為はわからないはずだ。つまり、ベイにとってこの男は初対面でも、彼のほうはそうでない可能性がある。

（もしかして、すでに僕の行為がエリザベス側に知られてしまっていて、彼女か、彼女の家族が証拠集めのために雇った探偵とか？）

　だとしたら、これからどうなっていくのか。

（まさか、僕は警察に突き出される？）

　まだそれほどのことはしていないにもかかわらず、疾しさから疑心暗鬼に陥るベイに対し、男が懐柔するように告げた。

「そう警戒しないでいい。――なにせ、私はお前を責めるために現れたのではなく、むしろ、内に秘めた強欲さに感心し、チャンスをやるために来たのだからな。いわば、応援だ」

「応援？」

「ああ」

　うなずいた男は、ベイが手にしている真っ赤なリボンを顎で示して「ということで」と秘策を授ける。

「お前があの女をなんとしても手に入れたいと願うなら、その赤いリボンを彼女に持たせるといい」

「これを？」

　疑わしげに手の中のリボンを見おろしたベイが、すぐに顔をあげて言い返した。

「こんなもので彼女が手に入るなんて、あんた、本気で言っているのか？」

「そうだ」

「まさか、赤い糸とか言わないだろうな？　――糸にしちゃ、ちょっと太いようだし」

「それは好きに考えればいいさ。とにかく、それを渡せば、彼女は巡り巡ってお前のところに必ずやってくる。――そうなるよう、私が手を貸そう」

「手を貸す？」

「ああ」

「どうやって？」

ベイは問いつめたが、男は具体的なことはなにも教えずに応じる。

「それは、結果をもって判断してもらうしかない」

「結果をねえ」

疑わしさを払拭できずにいるベイに向かい、「ただし」と男が長い人差し指を突き出して条件をつける。

「代わりに、お前にもやってほしいことがある」

「僕に？」

「ああ」

うなずきながら手を動かし、なにもないところから手品のようにスウッと平たく黒いものを取り出した男が、それをベイの前に差し出しながら続けた。

「これを、ある場所に持っていってほしい」

受け取ったベイが見おろすと、艶やかに黒光りする平らな面に、ベイの仏頂面が映り込んだ。

「……これは？」

「鏡だよ」

「――鏡？」

答えを聞いても全然納得できなかったのは、それはベイが知るどんな鏡ともまるで違っていたからだ。

「本当に、これが鏡？」

「そう。現代人は知らないようだが、鏡なんて、昔はそんなふうに石や金属を磨いて作ったものさ」

「へえ。――でも、そんなことを知っているなんて、あんた、もしかして考古学者か？」

言ったあとで、それ以前に訊くべきことがあるのに気づき、ベイが「というより」と重ねて問う。

「そもそも、あんた、何者だ？」

すると、優雅に片眉だけをあげてみせた男が、「これは、失敬」と遅ればせながら自己紹介した。

「私は、パヴォーネ・アンジェレッティという」

「パヴォーネ・アンジェレッティ？」

「そうだが、言わせてもらえば、そもそものこととして、私はお前に呼ばれてここにいるのだがねえ」

「は……？」

眉をひそめたベイが、気味悪そうに言い返す。

「悪いが、呼んだ覚えはない。──だいたい、あんたの名前だって、今知ったんだ。呼べるわけがないだろう」

すると、アンジェレッティが軽く肩をすくめて応じた。

「おかしいな。たしかに呼ばれたと思ったのだが、私の勘違いだったか」

「そうだよ」

「それなら、言い直そう。──私は、お前の名前に惹かれてはるばるやってきたんだ、ナアーマ・ベイ」

とたん、ベイが驚く。

名乗った覚えなどないのに、なぜ、彼はこちらの名前を知っているのか。

薄気味悪さを通り越し、怖くなったベイが震える声で訊き返す。

「なんで、あんた、僕の名前を知っているんだ……？」

だが、それには答えず、男は、ただアルカイックな笑みを浮かべてベイを楽しそうに見つめるだけだった。

4

数日後。

ハムステッドにあるフォーダム邸では、約束どおり、冬休みに入ったシモンを交えて夕食のテーブルを囲んでいた。

同席しているのは、ユウリの他に、シモンの異母弟でこの家に居候中のアンリである。

ユウリの家族は、先に述べたように、現在ケンブリッジと日本に拠点があるため、ふだんこの家にいることはない。ゆえに、たいていはユウリとアンリの二人だけで、たまにケンブリッジから戻ったレイモンドが加わったり、遊びに来たシモンが加わったりするくらいである。

食事中、ベルジュ家の近況などを聞きながら楽しんでいた彼らであったが、メインを食べ終えたところで、それまで基本聞き役に回っていたアンリが、「で？」と切り出した。

「結局、なんだかんだ、兄さんは、これから毎日来る気？」

「毎日ではないよ。——少なくとも、何日かは晩餐会の予定が入っている」

「でも、ほぼ毎日だよね？」

重ねて問われ、デザートの皿に手をつけながら、シモンが水色の瞳で異母弟を見やる。

「そうだとして、なにか問題があるのかい？」

「いや、ない。——ただ、今回はホテル暮らしと聞いていたから、ちょっと意表をつかれただけで」

この二人、兄弟仲はすこぶるいいのだが、実家を離れてのびのび暮らしているアンリとしては、おのれの領域に家族の一員が当たり前のように居座るのには、やはり若干抵抗があるらしい。

なにせ、どちらも人一倍独立心が旺盛(おうせい)である。

その気持ちがわからないでもないシモンが、苦笑して言う。

「それは、最初はそのつもりだったけど、せっかくロンドンにいるのに、一人でご飯を食べるのもつまらないし、ユウリが誘ってくれたから、お言葉に甘えて。——まあ、心配せずとも、お前の生活をどうこう言う気はないし、僕とユウリのことは放っておいてくれて構わないから」

そこに、さりげなくユウリを含んでしまうあたり、実にシモンらしい。万人に対して公平で正義感の強いシモンだが、ことユウリにかんしてだけは、子供のような独占欲を見せて憚(はばか)らない。

それは、相手が家族であっても同じだ。

アンリが呆(あき)れたように言い返そうとするが、その前に、当のユウリがさりげなく兄弟の会話に割って入った。

「そんなこと言って、シモン、久しぶりにアンリとも食事ができて嬉しいくせに」

「――それは、否定しない」

とたん、アンリがそれに追随する。

「僕だってそうだよ。――ただ、今回は来ないと聞いていたから、念のため、今後のことを確認しただけで」

「それなら、しばらくは一緒に食事ができるということで万々歳だね。僕も嬉しいよ」

話題の幕引きを告げるようなユウリの言葉に、ベルジュ家の兄弟が少々バツが悪そうに顔を見合わせていると、執事兼管理人のエヴァンズが入ってきてユウリに尋ねた。

「食後のコーヒーはこちらで飲まれますか？　それとも書斎のほうにご用意いたしましょうか？」

「……そうだな」

時計を見あげたユウリが、シモンを振り返って訊く。

「シモンは、まだ大丈夫？」

「もちろん」

「じゃあ、書斎で」

シモンがゆっくりできないようならこの場でコーヒーを飲んでお開きにするべきであっ

たが、そうでなければ書斎のほうがくつろげる。

ユウリが付け足した。

「いつものごとく、書斎のほうの給仕は必要ないから」

「かしこまりました。——では、そのようにさせていただきます」

場所を移した彼らが、コーヒーを片手にここ最近のニュースなどを話し合う。

会話の流れの中で、ユウリが「そういえば」と切り出した。

「このところ、アメリカや日本で、謎の植物の種が外国来郵便で届いたというニュースがあったようなんだけど、どうやら同じようなものが幸徳井家にも届いたらしいよ」

話題にあがった「幸徳井家」というのはユウリの母方の実家で、古都京都に根をおろす陰陽道宗家のことである。ユウリが折に触れ発揮する絶大な霊能力は、間違いなくそこから受け継いだものであろう。

そんな幸徳井家は、京都北部に広大な敷地を有し、そこには、かなり立派な薬草園も備わっていた。

ゆえに、種苗の注文も頻繁に行われている。

「ああ、そんな話、たしかにあったね」

応じたシモンが、「当然」と続ける。

「然るべきところに届けたんだろうね？」

「うん。少し前に新聞でも大々的に報じていたから、すぐに届けたみたい」

「さすが、幸徳井家だね」

誉めたあとで、表情を翳らせたシモンが、「でも」と懸念を示した。

「中には、届いた種に対し、さしたる不信感や危機感も持たずに、せっかくこうして届いたのだからひとまず蒔いてみようと考える人がいるかもしれない」

「たしかに」

「それを思うと、今回みたいな種の郵送は、地味だけど、一国の未来を揺るがすほどの実害を秘めた危険極まりない行為であるといえる」

「え、そんなに？」

不安そうに尋ねるユウリに、シモンはかなり深刻に応じる。

「うん。だって、検疫を通していない植物なんて、それこそ、どんな細菌に冒されているかわかったものではないし、万が一、遺伝子操作でもされていて、やたらと繁殖性の高い植物の種だったりしたら、それこそ、国じゅうの農作物が壊滅的な被害を受ける可能性だってあるわけで、本当に恐ろしいことだと思うよ」

「なるほど」

「だから、君もよくよく気をつけることだよ。自分の国が大事だったら、種に限らず、注文してもいないようなものを安易にその辺に植えたりしないことだ」

「これは、他の生き物にもいえることだけど、昆虫や植物は、気づかないうちに、その土地の生態系を塗り替えることもある。そして、一度壊されてしまった生態系は元に戻ることはないと思っていいし、戻るにしても、相当時間がかかる」

「……そうか」

植物も昆虫も、身のまわりに当たり前のように存在していて、ふだん、あまり意識することはないが、そんな彼らこそが、人間の住む環境を整えているのだ。

「そういえば、ミツバチが消えたら、ほどなくして人類も滅びるんだっけ？」

「大げさに言えば、そういうことだよ」

すると、自分のタブレット端末を見ていたアンリが、ふと顔をあげ、なにかを探すようにキョロキョロしてから、ユウリに言った。

「もしかして、今、ユウリのケータイが鳴らなかった？」

「え、ホント？」

なぜかいつも第三者が気づいてくれるが、ユウリがサイドテーブルの上に本と一緒に置いておいた携帯電話を取り上げると、言われたとおり、メールが入っていた。そして、送信者のところにはエリザベスの名前が表示されている。

「へえ、リズからメールだ。なんだろう？」

「わかっている」

急ぎの用かもしれないと思い、すぐにメールを開いて読んでいたユウリが、途中「え？」と不審な声をあげて眉をひそめる。

それを見て、シモンが横から声をかけた。

「どうかした、ユウリ？」

「……それが」

ユウリは困惑した様子で携帯電話の画面をシモンのほうに向けながら、簡単に内容を話して聞かせる。

「リズが、『チョコレートをありがとう』というメールをくれたんだけど、僕は、そんなもの、送った記憶がなくて」

「へえ」

聞きながらメールにも目を通したシモンが、「それは、たしかに」と応じる。

「変だな」

「だよね？」

すると、少し離れたところで会話を聞いていたアンリが、「ひとまず」と茶化した。

「植物の種でなくてよかったけど」

シモンとユウリが同時に苦笑してから、ユウリがシモンを見あげて言った。

「どうしたらいいと思う？」

「もちろん、すぐに電話して事実を伝えるべきだ。それでもって、絶対に食べないように警告したほうがいい。アンリの冗談につい笑ってしまったけど、ことはもっと深刻で、もし毒入りなんてことになったら、それこそ発芽を待つなんて悠長な話ではなく、即座に命が絶たれてしまうわけだから」

「それは――」

大変だと言う前に、ユウリが慌てて電話する。

すぐに連絡がつくか不安であったが、ユウリと違い、エリザベスは数コールで出てくれた。

『もしもし、ユウリ？』

「あ、リズ。メール読んだよ」

『あら、それでわざわざ電話くれたの？ ――今、ちょうど、お茶を淹れて食べようとしていたところなの』

それを聞いて、ユウリが勢い込んで止める。

「食べないで、リズ」

『え？』

当然戸惑いを隠せないエリザベスに、ユウリがすかさず言う。

「僕、チョコレートなんて送っていないから」

『──そうなの？』

電話の向こうで、エリザベスが不信感をみなぎらせるのが伝わってくる。

『やだ。私ったら。送り主がユウリになっていたし、カードに、「勉強、お疲れ様」ってあったから、てっきりユウリが私のがんばりを労ってくれたのだと。──でも、考えてみたら、誕生日でもないのに贈り物なんて、たしかに変よね。お土産なら、会った時に渡せるわけだし』

「うん。なんだか知らないけど、僕は送ってない。それは間違いないから」

『だけど、それなら、誰がこんな──』

急に怖くなったらしいエリザベスに対し、ユウリがなにか言おうとするが、その前にシモンが電話を代わるように手で合図をしたので、そのことを伝える。

「ちょっと待って、シモンに代わる」

それから携帯電話をシモンに渡すと、彼はすぐに話し始めた。

「やあ、リズ」

『あ、ベルジュ。ロンドンに来ていたのね？』

「うん」

懐かしい声を聞いて安心したのか、エリザベスの声が少し和らぐ。

『最近、全然姿を見ないから、どうしているかと思っていたのよ？』

「それは、嬉しいな。このとおり元気ではあるのだけど、ちょっと忙しくしていて。——ただまあ、そんなことは今どうでもよくて、チョコレートの件、話の流れはだいたいわかったけど、君のほうに、送り主について心当たりはないのかい？」

『ないわ、こんなの』

「それなら、最近、誰かにつけられたとか、嫌がらせを受けたとかは？」

『ない』

言い切ったあとで、エリザベスの声に動揺がにじむ。

『え、もしかして、ベルジュ。これが、ストーカー行為の一環だと考えている？』

「そうだね。少なくとも、ユウリの名前を騙っていることからして、君について、なにがしかの知識がある人間の仕業であるのは間違いない。——もっとも、君たちの集団は目立つから、リズのほうで相手を認識しているとは限らないけど」

『——そうか。言われてみれば、そのとおりかも』

不安そうに声を小さくするエリザベスに対し、シモンが「ということで」と冷静に対応する。

「今後のことも考慮して、そのチョコレートは捨てずに密閉して保存しておいたほうがいいと思う」

『証拠品として使えるように？』

「さすが、察しがいいね。――それだけでなく、君が望むなら、僕のほうで預かって、知人に指紋や毒物の鑑定をしてもらうことも可能だけど」

『本当に？』

「ああ」

うなずきながらシモンがアンリに手でなにごとか指示を出し、アンリがそれに応えてスマートフォンでどこかにメールを打ち始めた。おそらく、ベルジュ家の弁護士かなにかに対処の仕方の確認をさせているのだろう。

シモンが、続ける。

「まあ、今の段階で警察に話したところで、まだなにもしてくれないけど、当事者としてはやはり不安だろうし、個人で調べたいというのであれば、もう少し踏み込んだ調査も可能だと思う」

『――それは、ぜひともお願いしたいけど、いいの？』

「もちろん」

あっさり応じたシモンが、「よければ」と提案する。

「これからユウリと君のところに行こうと思うけど、構わないかい？」

話しながら、意向を問うようにかたわらのユウリを見たので、ユウリは「賛成」とばかりに大きく首を縦に振って意思表示をした。

その間にも、電話口でエリザベスが言う。

『そんなの、むしろ、「来てくれるの？」ってこっちが訊きたいくらいよ。ベルジュ、忙しいだろうし』

「そんなこともないさ。こうして、ユウリとご飯を食べているくらいなんだ。――ということで、これから行く。まあ、本当にストーカーがいるとしても、君には、いざという時、こうやってすぐさま駆けつけてくれる友人が大勢いるというところを見せつけておくのは、いい自衛になるかもしれないから、その意味も込めて」

5

ロンドン東部。

かつてのイーストエンドは貧民街として治安がひどく悪かったが、現在はドック沿いの開発が進み、内陸部も多くが中間層の住むお洒落な街へと変貌を遂げている。

エリザベスが住んでいるのは、一階が商店になっている建物の屋根裏部分で、裏手の階段を使って直接出入りできるのが便利だった。おそらく、かつては使用人部屋だったのだろう。

ユウリの家やロワールの城などに比べたらマッチ箱のような狭さであるが、世界一家賃が高い街として知られるロンドンでは、これでもかなり贅沢なほうである。

車で近くまでやってきたシモンとユウリは、通りの角で待っていたエリザベスと合流すると、まずは建物まわりを調べた。

不審な車や人物はうろついていないか。

なにか変わった点はないか。

それから、エリザベスの部屋に行き、問題のチョコレートと対面した。

それは、十五センチ四方ほどの箱に入った一粒が二センチほどのチョコレートで、表面がカラフルにデコレーションされている。

「これは、いちおう市販されているチョコレートだね」

シモンの指摘に、エリザベスが「ええ」とうなずく。

「私も、そう思って全然気にしていなかった」

手作りであれば、もっと警戒したはずだ。

その時、ユウリが無雑作に箱に触ろうとしたため、シモンが「あ、ユウリ」と言いながら、とっさにその手を押さえて告げた。

「後々のことを考えて、念のため、僕とユウリは触らないでおこう」

「あ、そうか。ごめん」

ユウリも、シモンが言わんとしているところを即座に理解して、手を引く。

そんなユウリからエリザベスに視線を移し、シモンが訊いた。

「それで、包み紙には、誰かに破られたような形跡はなかったんだね？」

「なかったと思うわ。――もっとも」

エリザベスが、少し恥ずかしそうに付け足す。

「嬉しさが勝ってあまり注意深くはなかったから、断言はできないけど」

「ま、それはそうだろう」

シモンはうなずき、「むしろ」と続けた。

「食べる前に連絡がついてよかったよ」

「たしかに」

「ということで、その状態で、まずは、君のスマホで写真を撮ってくれるかな」

シモンの指示を受け、エリザベスがスマートフォンを取り出し、角度を変えて何枚か写真を撮る。それが終わったところで、ユウリがシモンに言われてフォーダム家から持参してきた冷凍用の密閉袋に、エリザベス自身の手で箱ごとチョコレートを収納させた。

しまいながら、エリザベスが感心する。

「すごい。準備万端じゃない」

「それは、そのために、僕たちが来たわけだから」

当然のごとく、シモンは言う。

実際、パブリックスクール時代は万事がこんな調子で、寮生たちが次々に引き起こす問題を、彼はすいすい解決していた。

シモンが袋の中身を見ながら確認する。

「これで、全部？」

「たぶん」

答えつつ、少し考えたエリザベスが、「あ、いえ」と否定した。

「そういえば、包みの上に真っ赤なリボンがかかっていたんだった」

言いながらキョロキョロとあたりを見まわし、くだんのリボンを捜す。

「変ね、どこにやったんだっけ？」

質問形で呟かれるが、もちろん、ユウリやシモンに答えられるわけがない。

ただ、それにつられて、二人も同じように首を巡らせるが、結局、赤いリボンは見つからなかった。

クッションを持ち上げて捜していたエリザベスが、「もう」と自分自身に文句を言う。

「やあねえ。なくなるわけがないのに」

ユウリが同情的に言い返す。

「でもまあ、えてして、捜しものって、捜していると見つからないものだから」

「それ、真理よね」

「たしかに」

シモンも同調し、「それに」と妥協する。

「リボンくらいなら、なくても大丈夫だよ」

それから、夜も遅くなってきたのを受けて言う。

「さて、そろそろ帰ろうか、ユウリ」

「そうだね」

うなずいたユウリが、エリザベスに対して忠告する。

「リズ、僕たちが帰ったあと、戸締まりをしっかりするんだよ？」

「もちろん、わかっているわ」

「それから、どんな些細なことでも変だなと思うことがあったら、遠慮せず、すぐに連絡してほしい」

「ええ、そうする」

二人を戸口のところで送り出しながら、エリザベスが礼を述べた。

「二人とも、本当にありがとう。おかげで安心して眠れそうだわ」

「それは、よかった」

ユウリもホッとし、彼らは就寝前の挨拶をかわして別れた。

6

ユウリとシモンが帰っていくのを部屋の窓から見送ったエリザベスは、先ほどまで感じていた不安が自分の中からきれいに拭い去られているのを意識する。というのも、ユウリからの電話で、プレゼントの送り主が彼ではなかったと知った瞬間は、本当に恐ろしかったのだ。

恐ろしいし、気味が悪い。

見えないなにかが、自分にまとわりついた感じだ。

当たり前だった日常が足下から崩れ去り、誰かの影に怯える日々が始まると思った。

もう今までのようにはいられない。

ただ、勉強に邁進していればいいだけの日々。——いささか窮屈ではあったが、愛すべき充実した日々が、脆くも崩れ去る。

人は失って初めて自分が抱えていた幸運に気づく。

そんなありきたりな教訓を痛感する羽目になるのかと怯えた。

だが、頼もしい友人たちのおかげで、彼女は救われ、今は平常心を取り戻している。

（すごいな……）

今はもう見えない友人たちの顔を思い浮かべながら、エリザベスはつくづく思う。

彼らは、なんとすごいのか。

他者には見えない心の不安を取り除いてくれるユウリはもとより、現実的な問題をいともたやすく解決する力を持ったシモン。

（あんな人たちと友だちでいられるなんて、私はなんて恵まれているのかしら……）

彼らとの出会いは、養護施設だ。そこで育った彼女は、年に何回かボランティアに来ていた彼らと、いつしか友人になっていた。

おそらく、ふつうならありえないことなのだろう。

イギリスは、近年まで身分制度がしっかり残されてきた国で、現代でもそれはそこここに見られる。以前ほどあからさまではないにしても、結局、育った環境が違う者同士が付き合うのはなにかと気を遣うという認識がどちらの側にもあるせいで、なかなかなくなることがないのだ。

だが、ユウリとシモンは、比較的経済格差の少ない日本や、自由・平等・博愛を基本精神とするフランスにゆかりがあり、身分という考え方にはまったく頓着（とんちゃく）していない様子が見受けられる。そのうえで、生まれ育った環境からくる生活水準の格差は、中庸をとればなんとかなると信じている節があった。

そこには、貧しい家に生まれようが金持ちの家に生まれようが、それが本人のせいでないのはお互いさまで、双方が気にしなければ付き合っていけるというなかなかドライな考え方があるらしい。

ただ、それにも限界はあるはずだ。

事実、エリザベスが、ユウリとシモンはもとより、オニールやユマなどとの付き合いを続けてこられたのも、成績のよかったエリザベスを養女にしてくれたグリーン家がそれなりのお金持ちで、それこそイギリスの上流階級の家庭として、彼らのようなセレブリティーとの付き合いを喜び、交際費を惜しむことなく出してくれたがゆえである。

そうでなければ、どんなにがんばっても、やはり疎遠になっていたはずだ。

（……でも）

エリザベスは思う。

たとえ、疎遠になっていたとしても、一度は友人と認めた相手からのＳＯＳを、彼らが聞き逃すことはない。

それは、同じ養護施設出身のサリーという友人の件でもわかっている。

そんな彼らに触発され続けてきたエリザベスは、同じように困っている人の助けになりたかったし、こうして弁護士を目指して日々努力しているのだって、法的に弱者を守りたいと考えているからだ。

とはいえ、さすがに今日は精神的に疲れてしまったため、もう勉強はやめて寝てしまおうと思い、エリザベスはお風呂にお湯を張りにいく。

狭くても湯船のある浴室だ。ただし、トイレも洗面台もすべてが一ヵ所にまとまっているので、少しごちゃごちゃしている。そこを清潔に保ち、少しでも居心地がよくなるように使っていた。

湯気の立つ浴槽でゆったりとお湯につかり、一日の疲れを落としたエリザベスは、お風呂から出ると栓を抜き、湯上がりにいつも着ているロングTシャツをまとって浴室をあとにする。

濡れた髪をタオルで拭きながら鏡台の前に座り、ドライヤーに手を伸ばす。

と、その時。

化粧品が林立する鏡台の上に赤いリボンが載っているのに気づき、彼女は「やだ」と言って小さく笑った。

「こんなところにあったわ」

それから、リボンを取り上げて不思議そうに言う。

「だけど、いつの間に置いたんだっけ？」

エリザベスには、その時の記憶がまったくない。

だが、リボンが勝手に移動するわけがないので、無意識のうちに置いたのだろう。

「人って、動揺すると、なにをするかわからないものなのねえ……」

そんなことを呟きながら、エリザベスはなぜかそれを手首に巻いてみた。どうしてそうしようと思ったのかは、まったくの謎である。

ただ、つけてみたくなったのだ。

彼女の透けるような白い肌には、その毒々しいまでの赤がよく映えた。

「……きれい」

どこか恍惚とした声で言ったエリザベスは、顔をあげて鏡の中の自分を見つめる。

艶やかな金髪。

輝くエメラルド色の瞳。

なんとも造形の美しい顔が、そこにある。

と――。

見慣れているはずの自分の顔が、ふと違う人のもののように思えてくる。

「――私って、こんな顔をしていたっけ?」

そのままじっと見つめていると、鏡の中のエメラルド色の瞳が、異様な輝きを帯びながら見つめ返してきた。

どこか誘うような、みだらな輝き――。

エリザベスが、赤い口紅を手に取る。ふだんはつけないもので、ごくまれにイブニングドレスなどを着るような際に使っている派手な色の口紅だ。

キャップを外して台座部分をゆっくりと回し、彼女は鏡を見つめながらその口紅を唇に塗っていく。

すぐに、桜色だった唇が、真っ赤な色に塗り替えられた。すっぴんのため、その赤さだけが浮き立つような発色を帯びて見える。

口紅を手にしたまま、エリザベスが微笑んだ。

すると、鏡の中のエリザベスも、なんとも妖艶（ようえん）な表情で微笑み返してきた。

第二章　招かれざるもの

1

（まただ……）

ナアーマ・ベイは、通りを振り返って思う。

彼は、先ほどと同じ場所に立っていた。

しかも、これで三度目である。

なぜ、そうなってしまうのか。

スマートフォンのナビゲーションシステムによれば、たしかにこの道沿いに目当ての店があるはずなのに、なぜか、気づくと通り過ぎてしまっている。

どうして、見つからないのか。

意味がわからない。

画面上の地図とあたりを見比べたベイは、小さく溜め息をついて踵を返す。

（しかたない。もう一度……）

金曜の午後。

謎の人物であるパヴォーネ・アンジェレッティに頼まれたことを果たすために、彼はアンジェレッティから預かっている黒い鏡を持ってウエストエンドにある店を訪れようとしていた。

アンジェレッティからは、次のような指示を受けている。

その店に入ったら、店主に鏡を見せ、その鏡を手に入れて以来、霊障害に悩まされるようになったと訴える。その際、悲愴感を漂わせるのを忘れてはならない。相手に、話を信じ込ませる必要があるからだ。

そうしたら、その場で引き取ってくれるらしい。

だが、ロンドンでも指折りの高級住宅街であるメイフェアに位置し、あたりには王族の屋敷もあるような場所で、そんな怪しげな商売をしているなんて本当だろうか？

にわかには信じがたい。

疑心暗鬼ではあったが、とにかく指示されたとおりに、ベイはやってきた。好奇心もさることながら、もうあとには引けないというのが正直なところである。

ちなみに、引き取ってもらう際に発生する代金は、渡されたカードで支払うように指示されている。そのための暗証番号も知らされていて、当然、悪用しようと思えばできるのだが、ベイはしなかった。

なんとなくだが、その悪事に対するつけは、とんでもなく大きいように思えたからだ。

アンジェレッティは、不気味だ。

登場の仕方からして、どこか人外魔境の雰囲気を漂わせていた。

そんな本能的な恐れに加え、彼がベイのことを知り尽くしていることが、単純に恐怖でしかない。

あの男に逆らってはいけない。

そう思ったベイは、アンジェレッティの指示を忠実にこなすことに専念する。

ところが、せっかく指示に従おうとしても、ことはそう単純ではないらしく、目指す店が見つからない。これは、ベイの意思とは関係なく、そうなってしまうのだから仕方がない。言うなれば不可抗力だ。

とはいえ、このままでは埒（らち）が明かない。

どうしようかと考えながら歩いていると、ふと視線を感じた。

誰かにジッと見られているような――。

ハッとして立ち止まったベイであったが、通りを見まわしても、誰も彼に注意を向けている様子はない。

挙動不審な人物も、見当たらなかった。

（……気のせいか）

気を取り直し、ふたたび歩き出そうとしたベイは、その時、前方から歩いてくる人物に目がいった。

その人物は、中年の男性で、なにがどうというわけでもない。

ただ、強いて言えば、最近では珍しく、スマートフォンではなく紙切れを持って目指す店を捜している様子であるのが気になった。しかも、鞄とは別に、箱のようなものが入った紙袋をさげている。

そこで、ベイが目で追っていると、男は通り沿いにある黒い扉の前で立ち止まり、何度も手の中のメモと扉を見比べたのち、意を決した表情で中に入っていった。

そのあとを追って扉の前に立ったベイは、脇に書かれた住所を見て、それが彼の目指していた店であることを知る。

（――あった）

だが、変である。

何度もこの前を通ったのに、彼はこの扉に気づかなかった。

脇の壁には、目の高さに小さなショーウィンドウもあり、そこに骨董らしきものが飾られている。

これほど趣のある店であれば、気づかないはずがないのに、彼はずっと素通りしていたのだ。

きっと、先ほどの男に気づかなければ、永遠に辿り着けなかっただろう。

そういう意味では、誰かの視線を感じて立ち止まったのがよかった。ただの思い過ごしであったが、結果として、店を見つけることができたわけで、世の中、なにが幸いするかわからない。

ベイは、すぐに入るかどうかで悩み、結局、少し外で待つことにした。

先ほどの客がどれくらいで出てくるかは見当もつかなかったが、こちらの用件が人には聞かれたくないことであったため、様子をみることにしたのだ。

それでも、あまり待たされるようなら、一度中に入って状況を探ってみようと考えていたが、幸いにも、男は三十分ほどで出てきた。その表情は先ほどとは打って変わって晴れやかで、かつ、手にしていた紙袋は消えている。

男を見送ったベイは、通りから黒い扉を見つめ、ややあってゆっくりと扉を開いた。

そうして、ベイが店の中へと消えていくのを、遠くから眺めている者がいた。

イタリア製のスーツを身にまとったアンジェレッティだ。

実は、今日一日、ずっとベイのことを監視していて、目当ての店の前を通り過ぎる姿に苛立ちを覚えていた。

（やはり、簡単には入れないか……）

ベイがもう少し鋭敏な神経の持ち主であったなら、自力で探し当てることもできるのだろうが、所詮は凡人である。

（だからこそ、扱いやすいといえば扱いやすいのだが……）

諦念を交えながら見守っていると、ちょうど向かい側から一人の中年男性が歩いてくるのが見えた。その人物自体はなんてことない類いのものであったが、手にした紙袋から異界の気配がしている。

この道を、あのようなものを持って歩いているとなれば、目的地はおのずと知れた。

そこで、アンジェレッティは、強い視線をベイに送る。

すると、少し反応は遅かったが、それでも顔をあげたベイが、すぐに中年男性の存在に気づき、その流れで目当ての店を見つけ出す。

（……やれやれだ）

そして、三十分後、ベイが目的の店に入るのを見届けたアンジェレッティは、踵を返してその場から立ち去った。

2

カラン、と。

音をたてて扉が開いたので、ミスター・シンは、てっきり先ほどの男性客が忘れ物かなにかをして戻ってきたのだと思った。

今日は、他に来客の予定はなかったからだ。

だが、新聞から顔をあげた彼の目の先にいたのは、まったくの別人であった。

先ほどの客より、ずっと若い。

おそらく、まだ学生だ。

キョロキョロしていて挙動不審なのは、彼が抱えている問題のせいか。それとも、この店がどういう場所か知らずに入ってきた迷い人であるからか。

判断がつかないまま、ミスター・シンは声をかける。

「いらっしゃい。——今日は、どういったご用件で？」

すると、ハッとしたように彼のほうを見た青年が、おずおずと言い返す。

「……あの、僕、奇妙なものを手に入れてしまって、困っているんですけど」

「なるほど」

　どうやら、迷い人ではないらしい。

　というのも、ミスター・シンは、知る人ぞ知る、ヨーロッパではかなり有名な霊能力者で、世に「いわくつき」と呼ばれるものを、代金を取って引き取るなり預かるなりしているからだ。

　相手に手放す意思があれば引き取るし、代々受け継がれてきた家宝などで、ひとまず手放す気にならないものは、管理費という形で代金をもらい地下の倉庫で預かる。

　つまり、この店に入ってきた人間が「奇妙なものを手に入れてしまって、困っている」と言うのであれば、ここがどういう場所かを理解していて、おのれが抱えている問題をどうにかしてもらうために来たということだ。

　ミスター・シンが、ソファーを示して言う。

「では、まずモノを拝見しましょうか」

「あ、はい」

「時に、ここへはどなたのご紹介で？」

「それは、えっと」

　鞄から袋を取り出した青年が、少々焦った様子で説明する。

「パヴォーネ・アンジェレッティという人です」

「パヴォーネ・アンジェレッティ？」

聞き覚えのない名前にミスター・シンが首を傾げると、すぐさま青年が説明を付け足した。

「なんでも、アンジェレッティさん自身は、直接この店に来たことはないそうですが、彼の知人がこちらにお世話になったそうで、ただ、その知人の名前は、プライバシーもあるので教えるわけにはいかないということでした」

「なるほど、そうでしたか」

挙動は相変わらず不審だが、話の内容はしっかりしている。

青年が言ったように、このような店に来たことを第三者に知られたくない人間は大勢いて、名前を教えられないというのは、ままある話だ。

「パヴォーネ・アンジェレッティね」

記憶に刻み込むようにその名前を繰り返していたミスター・シンは、青年が袋から取り出したものを見たとたん、もの珍しそうな表情を浮かべた。

それは、黒光りする丸い石だった。

大きさや形状からして、かつては鏡として使われていたものかもしれない。

「……ほお」

白い手袋をはめ、手に取ってじっくり検分したミスター・シンは、左右で色の違う目をあげて青年を見つめる。

「またずいぶんと変わったものを手に入れられましたな」

「そうなんですか？」

「ええ。なかなか見ないものですよ。――ちなみに、どこでこれを？」

「それは――」

一瞬言い淀んだあと、青年は説明した。

「エジプトの蚤の市です。ガラクタのような破片と一緒に売られていました」

「エジプト？」

意外に思ったミスター・シンが訊き返す。

「それもまた珍しい。旅行かなにかで？」

「そうですけど、そもそも、僕、母がエジプトの人間なので」

「ああ、なるほど」

たしかに、青年の顔立ちは中東系に多いもので、納得したミスター・シンは、「それなら」と確認する。

「貴方もムスリムですか？」

「いえ、違います」

答えた青年が、慌てて付け足した。

「あ、母も違いますよ。母は、少し特殊なキリスト教で」

「コプト会系ですね」

エジプトに少数派として存在するキリスト教といえば、それである。

さらりと応じたミスター・シンが、そのことにはもう興味を失くしたように黒い石の検分を続けた。

先に宗教について触れたのは、こうして持ち込まれたものが本当に「いわくつき」であった場合、それを持っていた人間や誕生した場所の宗教というのは、かなり重要な鍵になってくるからだ。

悪霊なり魔物なり、モノに影響を及ぼしているなにかが従わざるをえない神というのは各々違い、それに則った呪符で封じるのがいちばん効果的である。

だから、情報さえ引き出してしまえば、あとは依頼主がどんな宗教に身を投じていようが、どんな環境で育とうが、ミスター・シンにはまったく関係ない話であった。

黒い石を置いたミスター・シンが、青年を見て尋ねる。

「それで、具体的にどのような霊障害にお悩みですか?」

「それは、その鏡を手にして以来、悪夢を見るようになって」

「どんな?」

「えっと、そうだな、なにかに追いかけられる夢です。——でも、すみません。内容はあまりはっきりと覚えていません。ただ、なにかに追いかけられて、つかまったところで目が覚めるんです」

「なるほど」

　一度、考えるように視線を落としたミスター・シンが、ややあって尋ねる。

「――他には？」

「他は、えっと……」

　青年は、必死で考えているようである。

「何度か、事故に遭いそうになりました」

「事故？」

「車に轢かれそうになって」

「ほお」

　青年の話を聞きながら素早くメモを取ったミスター・シンは、時々目を細めて探るような視線を向ける。

　なにかが、変だった。

　どこが変か、今はまだ具体的にあげることはできないが、なにかが変なのだ。

　ミスター・シンの中に広がる違和感。

（もしかして、ひやかしなのだろうか？）

　本当に「たまに」であったが、どこからかこの店の噂を聞きつけ、実際は霊障害など受けていないにもかかわらず、興味本位でやってきて、あたかも霊障害を受けているかのように嘘八百を並べ立てる輩がいた。

かなり性質の悪い人間といえよう。

そして、この青年の話にも、それらと同じ薄っぺらさが感じられるのだ。

ただ、そうかといって、彼をひやかしと決めつけて、追い出す気にもならない。

ちょっとした表情にひそむ怯え方や挙動不審な様子はなにがしかの悩みを抱えている人間特有のものであったし、なにより、ひやかしで用意するにしては、この黒い鏡のような石は珍しすぎる。

へたをしたら、博物館級のお宝だ。

（――はてさて、どうしたものか）

正直、ここまでの間、青年の目的がどこにあり、持ち込まれた黒い鏡のような石がどういったものであるのか、ミスター・シンは判断に困っていた。

それが、逆に無言のプレッシャーになったのか、ミスター・シンの視線に気圧された様子で、青年が「そうそう」と汗をかきつつ言い足した。

「おかしなことと言えば、ついこの前は、乗っていたエレベーターに、乗る前はなかったはずの手形がついていたんですよ。それには、本当にびっくりして」

「……手形？」

現実に引き戻されたようにミスター・シンは訊き返し、反応があったことで勢いづいたらしい青年が続けた。

「そうなんです。子供のような小さな手形なんですけど、僕の住んでいるマンションには、そもそも子供なんか住んでいないはずで、すごく不気味でした」

「なるほど。子供の手形ですか……」

ミスター・シンはうなずきながらも、これは「嘘だな」と直感的に判断する。

なぜといって、これまでと違って内容がやけに具体的で、もしこれが事実なら、ここに来て真っ先に話していて然るべきだからだ。つまり、今の話は、彼の実体験ではなく、おそらくネットかなにかで読んだか、誰かに聞いた話なのだろう。

それを、気持ちが焦る中で、ふと思い出して口にしたに過ぎないはずだ。

となると、だ。

(本当に、この青年の目的はなんなのか……)

もちろん、ミスター・シンは事実を知らなかったが、彼が推測したとおり、今の話は、最近青年の友人がブログに書いていた話をそのまま語っただけだった。

というのも、この青年――ナアーマ・ベイは、ここに来るにあたり、支払い方法など具体的なことはアンジェレッティから聞かされていたが、渡された「黒い鏡」にまつわる情報はいっさい与えられず、説明も、適当に知っている怪談話をすればいいとしか言われていなかったからだ。

だから、必死で考えて話した。

だが、思っていた以上に、霊障害といわれるような出来事を実体験として語るのは難しく、先ほどから冷や汗が止まらない。

加えるに、ミスター・シンから左右で色の違う瞳で見つめられると、尻のあたりがぞわぞわして、なんとも落ち着かない気分になってくるのだ。

そのようなわけで、あとちょっとでも話を続けていたら、彼は間違いなくギブアップしていただろうが、その時、絶妙なタイミングで店の電話が鳴ったため、それ以上苦しまずにすんだ。

その電話自体は間違い電話であったようだが、おかげでなんとなくその場の空気が変わり、結局、それ以上あれこれ訊かれることなく「黒い鏡」を引き取ってもらえる流れになった。

これで、任務完了だ。

ようやく肩の荷がおりたベイは、カードで支払いをすませると、なんとも軽い足取りで「ミスター・シン」の店をあとにした。

3

同じ頃。

午後の授業を終え、明日の予習のために学部内の図書館に向かっていたエドモンド・オスカーは、途中、スマートフォンを取り出して届いているメッセージの確認をする。

だが、そこに目当ての人物からの返信はなく、彼は小さく溜め息をつく。

というのも、ここ数日、よく学部近くの店で一緒にお昼を食べているエリザベスが姿を見せず、メールをしても返信がないからだ。来学期からロースクールに入るための準備で今はとても忙しいとわかってはいたが、それにしたって、まったく返信がないというのが気にかかる。

エリザベスは律儀な性格をしているので、どんなに忙しくても、今までメールに返信がないことはなかった。

（もしかして、俺、なんか彼女を怒らせるようなことでもしたっけ？）

考えるが、これと言って思い当たる節はない。

喧嘩をした覚えもないし、やっぱり変である。

（あるいは、具合が悪くて寝込んでいるとか？）

だとしたら、心配だ。

ただ、これまで寛容さの権化のようなユウリのそばに長らくいたため、なにかふつうの人にとっては神経に障るようなことを絶対に言っていないかといえば、正直、まったく自信がない。

（そういえば、セイヤーズには、よく無神経だと言われたっけね）

パブリックスクール時代の友人の言葉を思い出し、彼は苦笑した。当時は「うるさい奴だ」と聞き流していたが、もし、現在、その無神経さが祟っているのだとしたら、第三者の評価というのはないがしろにするべきではなかったのかもしれない。

そんなことをつらつらと考えていたオスカーは、その時、そばにいた学生が口笛を吹きながら放った言葉にハッとする。

「すんげえ。あれ、エリザベス・グリーンだろう」

「そうだけど、マジ、セクシー」

「やべ。たまらねえ」

それは、まるでエリザベスに対する評価とは思えない言葉の数々だったが、慌てて振り返って彼らの視線を追ったオスカーは、その瞬間、納得する。

そこに、一目ではわからないほど変わり果てた姿のエリザベスがいたからだ。

黒い革ジャンの下に着た、身体のラインを強調するようなタイトで短いニットのワンピース。

体型が華奢(きゃしゃ)なだけに、その豊満な胸の膨らみには同性ですらとっさに目が吸い寄せられてしまうようで、すれ違う女性の視線がそれを存分に物語っていた。まして、精力旺盛(おうせい)な二十歳前後の男たちにとっては、それだけでも十分な悩殺力を発揮する。

そんなふうに思わず身体に目が行ってしまいがちだが、目の前にいるエリザベスは、顔の雰囲気もかなり違う。いつもはほぼノーメイクの彼女が、今日はナイトクラブにでも来ているような派手な化粧をしている。

中でも真っ赤に塗られた唇が、やけになまめかしい。

変貌(へんぼう)を遂げたエリザベスの登場に、その場のざわめきがじわじわと広がっていく。

「ヤベ。おれ、マジでヤバい」

「俺も」

「彼女、最近変わったって聞いていたけど、本当に変わったんだ」

「知らなかった。顔だけじゃなく、身体も極上なんだな」

「そんなの、さりげにチェックずみだよ」

「だけど、いったいどういった心境の変化だ？」

「たしかに。エリザベス・グリーンといえば、真面目さの権化で有名なのに」

「クール・ビューティーのご乱心か？」

そんな中、しだいに男たちの欲望に火が灯っていく。

「でも、チャンスじゃね？」

「ホント。今なら、誰でもあの身体を手に入れられそう」

そんなふうに思わせるほど、今のエリザベスは隙だらけだ。——いや、もはや隙などではなく、全身で男たちを誘惑している。

なにより、その手に巻かれた真っ赤なリボンが、彼らに解かれるのを待っていた。

しばらく呆然と立ち尽くしていたオスカーは、男たちの猥雑な台詞を耳にした瞬間、ハッと我に返り、慌てて彼女のほうに近づいていく。

「リズ！」

愛称で呼ばれて振り返ったエリザベスが、オスカーの姿を認めて妖艶に笑う。

「あら、オスカー」

「あらじゃなく」

エリザベスの前に立ったオスカーが、小声で話しかける。

「いったいどうしたんですか。俺、ずっとメールしていたんですけど」

「それは、ごめんなさいね。いろいろと忙しくて、チェックしそびれていたの」

言いながらオスカーの腕に手を絡め、その筋肉をたしかめるように触ったエリザベスが、上目遣いに訊く。

「それで、私になんの用？」

「用というより、姿を見せないから心配で」

「そうなんだ。――でも、私は大丈夫よ」

あっさり言われるが、とてもそうは思えない。

「いや。あまり大丈夫そうには見えませんけど。――だいたい、なんですか、その恰好（かっこう）」

「なによ、文句ある？」

すっと腕から手を放して警戒を示したエリザベスに、オスカーが慌てて弁明する。

「あ、すみません。言葉が悪かったかもしれませんが、あまりにいつもと違うからなにかあったのかと思って」

大学に入ってからというもの、美人で常に男の欲望の目にさらされることに嫌気がさしていた彼女は、これまで基本優等生のようなカチッとした恰好か、でなければ、ボーイッシュな服装をしてくることが多かった。

そんな彼女に、大学内でついたあだ名が「クール・ビューティー」だ。

それが、今や正反対の恰好をしているのである。

心配するなというほうが無理である。

「そんなの、私が大丈夫だと言っているんだから、大丈夫よ」

少し怒ったように言ったエリザベスが、婀娜（あだ）な目つきで誘いかける。

「――それより、これから遊びに行かない？」

「遊びにって、リズ、勉強は？」

「そんなの、今じゃなくてもできるわよ」

　とたん、オスカーは顔をしかめた。

「やっぱり変ですよ、リズ。今、大事な時だって言っていましたよね？」

「そうだけど」

　その一瞬、なにか迷うような表情になったエリザベスだが、すぐに先ほどと同じ妖艶な微笑を浮かべて、オスカーの耳元に囁きかける。

「それなら、私の部屋で勉強する？　そうしたら、お互いのことも、もっと深く勉強できるかも」

　それは、究極の誘い文句だった。

　今のエリザベスの姿でこんな台詞を吐かれたら、男なら誰でもその気になるし、人によっては、「据え膳食わぬは云々」と喜んでついていくだろう。

　オスカーとて例外ではなく、とっさにゴクリと喉が鳴る。

　だが、彼にとって、エリザベスは男女である前に、大切な友人だ。

　エリザベスがまともな状態で誘ってくれたのならまだしも、こんな異常な状況で誘われて、おいそれと受け入れるわけにはいかない。そんなことをしたら、彼女を失うだけでなく、オスカーが最も敬愛するユウリの失望も買うことになる。

そこで、オスカーは理性を総動員して説得する。

「リズ。とにかくいったん落ち着こう」

すると、誘いに乗ってこないオスカーに腹を立てたように、エリザベスがスッと目を細めて睨んできた。

「なによ？」

「いや、なにじゃなく。リズ、本当にいったいどうしてしまったんです？」

「だから、なにが？」

「それは、その服装も態度もなにもかもですよ」

とたん、カッと頬を赤く染めたエリザベスが、ドンとオスカーを突き飛ばして人差し指を突きつける。

「最低ね、オスカー。女に恥をかかせる気？」

驚いたオスカーが、言い返す。

「そうじゃなくて、何度も言うように、俺は心配しているんです」

「だから、それが失礼だと言っているのよ。貴方に、私のなにがわかるの⁉」

「それは、いろいろと」

体勢を立て直したオスカーが、真摯に訴える。

「少なくとも、今のリズが、全然リズらしくないのはわかっています。だから、とにかく一度きちんと話したいんです。いったいなにがあったのか」

「別に、なにもないわよ。——ただ、遊びたいだけで」

すると、彼らの諍いを見ていた集団が、横から茶々を入れてきた。

「なあ、遊びたいなら、俺たちと遊ぼうぜ、エリザベス・グリーン」

「そうそう。たっぷり楽しませてやるよ」

オスカーとエリザベスが、同時に声のほうを向く。

そこには、学部内でもかなり有名な性質の悪い集団がいたため、オスカーがとっさにエリザベスを庇うように喧嘩腰で応じる。

「うるせえぞ。引っ込んでろ。俺と彼女の問題だ」

「そうなのか？」

「だけど、彼女は、誰でもいいから遊びたがっているみたいだけどね」

それに対し、エリザベスが言う。

「そうよ。別に、彼とじゃなくてもいいの。私を楽しませてくれるなら、貴方たちでも構わない」

「ほらみろ」

「お邪魔なのは、むしろお前だよ、エドモンド・オスカー」

　どうやら、彼らはエリザベスのみならず、オスカーのことも知っているらしい。おそらく、学部は違っても大学内で有名なアーサー・オニールやユマ・コーエンの友人ということで、思っている以上に、彼の名前も広く知れ渡っているのだろう。

　舌打ちしたオスカーが、言い返す。

「悪いが、お前たちには渡せない」

「だが、彼女は、及び腰のお前ではなく、ビンビンな俺たちとイキたがっている」

　わざと淫猥にも取れるような言葉を使い、彼らの一人がエリザベスに向かってウィンクした。

「な、そうだろう、エリザベス・グリーン？」

「そうね。貴方の言うとおり」

　そこでなんとも悪女的な笑みを浮かべたエリザベスが、「でも」と男たちの闘争心をあおるように告げた。

「オスカーも引く気はないようだから、ここは一つ、殴り合いで勝った人の言葉に従うことにするわ。――だって、やっぱり強い男がいいから」

「へ。そりゃ、いい」

　男たちが嬉しそうに口笛を吹く中、オスカーが驚愕の目でエリザベスを振り返った。

　それもそのはずで、エリザベスは言うにこと欠いて、オスカーに対し、彼らを相手に喧嘩しろと告げたのだ。

これはもう、明らかにふつうではない。

エリザベスはおかしくなっている。

そうなると、問題はなにが原因でそうなってしまったのかであったが、今は、そのことを冷静に考えている余裕はない。

オスカーは、いやがおうでも戦わざるをえない状況に追い込まれた。

もちろん、逃げることは可能だ。

戦わずに、エリザベスを残して去ればいい。もとは彼女が望んだことであれば、好きにしろと投げ出せばいいだけの話だった。腰抜けと言われようがなにされようが、オスカーは無意味な喧嘩で自分の人生を棒に振るような愚かさは持っていない。

ただし、この場合、それをエリザベスが本心から望んでいればの話である。

だが、どう見ても今のエリザベスは正気ではないし、だとしたら、たとえ理不尽でも彼女を守るしかない。ここで逃げ出したら、それこそ、エリザベスを大切にしているユウリに顔向けできなくなる。

正直、多勢に無勢で、勝算はほとんどない。

しかも、相手の様子からして、殴り合いを始めたら最後、生半可な怪我ではすみそうになかった。

それでも、オスカーは引くわけにはいかない。

(まあ、ここにいたのが、俺でよかったたってことだな)

最初の攻撃を受けながら、オスカーは心底思う。

ユウリという人間は、どんなに不利な状況でも、すべてを投げ出して友人を守ろうとするところがある。

ゆえに、この場にいたら、実力も考えずにオスカーと同じことをしただろう。

(本当に、ここにいたのがフォーダムでなくてよかった——)

別の場所にいるユウリの顔を思い浮かべながら、オスカーは泥沼の戦いに身を投じていった。

4

その日の夕刻。

そろそろ店じまいをしようとしていたミスター・シンのところに、なんの前触れもなく一人の男がやってきた。

長身瘦軀。

底光りする青灰色の瞳。

長めの青黒髪を首の後ろで無雑作に結わえた姿は、黒いコートと相まって、まるで夕闇に紛れて現れ出た人外魔境の者のようである。

「おや、アシュレイ」

名前を呼ばれたコリン・アシュレイは、それに応える素振りもなくソファーにドカッと座ると、なんとも高飛車に足を組む。

ミスター・シンが意外そうに続ける。

「今日、来るとは思わなかったが、なにかあったのか？」

「別に」

応じたアシュレイが、めぼしいものでも探すようにテーブルの上の新聞をペラッとめくって付け足した。

「近くに来たから寄ってみただけだ」

「近くにねえ」

それはそれで、珍しい。

孤高を好むアシュレイは、あまり人と交わることがない。

基本、一人が好きなのだ。

それが、こうして用もなく顔を見せるというのは、迎える側としては、なかなかに光栄なことと思っていいのだろう。

年齢でいったら二回り以上下であるにもかかわらず、相手に対してそんな卑屈な考えが浮かぶのは、やはりアシュレイがアシュレイであるからだろう。彼の傍若無人さを前にすると、おのれが彼の執事にでもなったような気分にさせられる。

だからといって憎めないのが、コリン・アシュレイという人間だ。――いや、憎めないどころか、万人が夢中になる毒を放っている。

ミスター・シン自身も、そんな毒に冒された者の一人であった。

出された紅茶を手にしたアシュレイが、「それで」と尋ねる。

「最近、なにかおもしろい話はなかったのか?」

「特にはないね。落ち着いたものだよ」

「それなら、それは？」

紅茶を一口すすったアシュレイが顎で示しながら言ったのは、今日の午後、ふいにやってきた青年が置いていった黒い鏡のような石のことだった。

「……ああ、それ」

もの思わしげな口調で応じたミスター・シンが、答える。

「それは、例によって客が置いていったものだ」

「つまり、引き取ったのか？」

「そう」

「だが、それならそれで、なんで地下の倉庫にしまわない？」

この店によく顔を出しているアシュレイは、ミスター・シンのやり方をそれなりに把握していて、こんなふうにいわくつきのものを店内に放置しているのはあまり好ましくないことだと知っていた。

もしかして、引き取ったのはいいが、処置の仕方がわからないのか。——だが、それなら、そもそも引き取るべきではない。

ミスター・シンがこんな商売をしているのも、彼には「いわくつき」と呼ばれるモノたちを鎮め、封印しておく能力があるからだ。とはいえ、それはあくまでも封印を施すのであって、そこに憑いているものを祓うのではない。それはそれで、違った能力が必要となり、彼にその能力がないのはわかっている。

そのため、彼が扱うのはもっぱら「もの」に限られていた。

そして、封印が必要なものをそのまま放置しておけば、ミスター・シンやこの店だって霊障害の影響からは免れられない。つまり、預かるなり引き取るなりしたものは、できる限り迅速に封印し、地下の倉庫にしまう必要があった。

それなのに、こうしてしまわずにいるのには、きっと訳がある。

そう思ったアシュレイに対し、ミスター・シンが困惑を隠せずに言う。

「お前さんの言うとおりなんだが、白状すると、これを地下の倉庫にしまっていいものかどうか、わからずにいるんだよ」

「へえ。――なぜだ？」

「説明するのは難しいんだが、一言で言ってしまうと、得体が知れないってことだな」

興味深そうに頬杖をついて聞いていたアシュレイが、小さく鼻で笑う。

「得体が知れないのは、いつものことだろう」

「そうなんだが、これは、そもそもなにが悪いのかがよくわからん」

「どういうことだ？」

アシュレイが眉をひそめ、訊き返す。

「当然、持ち込んだ人間からは、あれこれ話を聞き出したんだろう？」

「ああ」

「それなのに、わからないのか?」

「それが、その話自体がなんとも作り事めいていて」

苦笑とともに応じたミスター・シンが、そこでナアーマ・ベイとのやり取りを簡潔に話して聞かせた。

「――とまあ、そんな感じで、どうも、彼の実体験とは思えなくてね」

ミスター・シンが話を締めくくると、口元に手を当てて聞いていたアシュレイが、

「だったら」と指摘する。

「引き取らず、追い返せばよかっただろうに、そうしなかったのは、やはり、持ち込まれたモノそのものに興味があったからか?」

「……ああ、まあ、そのとおりだよ」

ミスター・シンがしぶしぶ認める。

当然ながら、アシュレイも、一目で、それがとんでもなく価値の高いものだと見抜いていた。

そこで、手を伸ばし、黒い鏡のような石を取り上げて眺める。

「黒曜石(オブシディアン)だな。――おそらく、古代の鏡だろう」

「やはり、そう思うか?」

「間違いない」

　認めたアシュレイが、顔をあげて尋ねる。

「そいつは、エジプトの蚤の市で買ったって？」

「そう言っていたが、事実かどうかは怪しい」

「まあ、仮に事実だったとして、もとは、現在のクルディスタンあたりから流れてきたものだろう。あのあたりは、相変わらず盗掘被害があとを絶たないようだし、新石器時代の頃には黒曜石の取引が盛んだった場所だ」

「ほお」

　さすが、博覧強記を誇るアシュレイであれば、ミスター・シンが知らないようなこともすいすいとあげていく。

　肩をすくめたミスター・シンが、心情を吐露する。

「ま、そんなこんなで、これになにがしかの力が働いているのは事実なんだが、言ったように客の話はいっこうに信用できそうもなく、どんな封印を施せば、地下の倉庫でおとなしく眠っていてくれるかがわからずにいるんだ」

「……なるほど」

　納得してみせつつ、アシュレイがわずかに青灰色の目を細めて、疑わしげに旧来の友人を眺めた。

聞けば聞くほど、違和感を覚えずにはいられない話である。

というのも、アシュレイが知る限り、扱っているものの性質もあってか、ミスター・シンはいつだってとても慎重にことを運ぶ。その慎重さは、アシュレイからすると、少々じれったいくらいだ。

だが、その慎重さが、今の信用に繋がっている。

それだけに、自分の手に余るものは引き受けないし、悪霊の影響を受けないよう、危険なものをそばに置いたりもしない。そのうえで、万が一のことを考え、店内の日用品の中でも鋏や文鎮など凶器になりそうなものには、すべて魔除けの記号などが刻まれている。

そこまで徹底して悪霊の影響を受けないようにしているのに、今回に限り、なぜ、こんな得体の知れないものを引き取ってしまったのか。

アシュレイが、訊く。

「客の名前は？」

だが、必要がない限り、ミスター・シンは相手がアシュレイであっても、おいそれと客の個人情報を明かさない。今も、チラッとアシュレイを見てから、「まあ」とのらりくらりとかわした。

「そのうちな」

つまり、今はまだ、アシュレイの手を借りる気はないということである。

その点、ミスター・シンは一貫していて、そんなやり方を認めているアシュレイは、ひとまずそれ以上突っ込まずに「それなら」と核心に触れる。

「あんたは、これをどうするつもりなんだ？」

それから、青灰色の瞳を妖しげに光らせて続ける。

「まさか、このままなにか起こるまで放っておくわけではないだろう？」

「もちろん、そうだが、さて、どうしたものか」

本気で悩んでいるのか。

実は、この状況を楽しんでいるのか。

アシュレイと似て本質的な部分では酔狂な性格をしているミスター・シンが、左右で色の違う瞳を彼方に向け、どこか悪戯を仕掛ける子供のような表情をする。

「ただ、一つ考えていることがあるとしたら、これを、別の人間の目を通して鑑定させるということなんだが」

「別の人間？」

「そう」

うなずいたミスター・シンが、「わしも、そろそろ」と心情を吐露する。

「先々に備え、本格的に後継者の選定を始めてもいい頃かもしれないわけで、そんな時にこんなものが転がり込んできたのであれば、ちょうどいいから、これぞと思う相手に鑑定をさせて、その結果次第で次の手を考えようかと」

「なるほど。次の手を……ねえ」

アシュレイが、もの思わしげに繰り返す。

実際に考えるのは、本当にモノの処理の仕方なのか。

それとも、この店の未来か――。

はっきりしたことは言われなかったが、ミスター・シンの言葉を受け、アシュレイも珍しく表情を引き締める。

「となると、俺もあまりうかうかしていられないということか」

5

週末。

父親の運転する四輪駆動車の助手席で、ユウリはかなり浮かれていた。

気候も、彼ら親子に味方してくれたようで、陽射し（ひざし）の出ている今日は、ポカポカした春のような陽気になっている。

車窓からの風を受けながら、ユウリが言う。

「ホント、お父さんと二人っきりで旅行なんて、何年ぶりだっけ？」

なだらかな丘陵地を軽々と車で飛ばしながら、レイモンドも嬉しそうに返す。

「たしかに、いつ以来だったかな」

薄茶色の瞳。

軽くウェーブのかかった薄茶色の髪。

英国子爵のレイモンドは、実に知的な紳士だ。しかも、結婚が早かったため、見た目だけでなく実年齢も若く、まだ五十代に届いていない。そのため、こうして二十代のユウリといても、親子というより、少し年の離れた兄弟か先輩後輩のように見えた。

レイモンドが言う。

「ずっと忙しくて、時間が取れずにいたから」

「でも、その分、僕も好き勝手やらせてもらっているし」

「そういえば、シモン君とは、今もよく会っているようだね？」

「うん」

うなずいたユウリが、小さく笑って付け足す。

「今、シモンの大学は冬休みで、シモンは仕事をしにロンドンへ来ているんだ。だから、今夜は久々に、アンリと二人で食事をするらしいよ」

「なるほど。あちらも、家族水いらずか。——だが、それなら、もしかして、お前はお父さんと別荘に行くより、シモン君たちと食事をしたかったんじゃないのか？」

「ううん。——それに、お父さんから電話をもらった時、ちょうどその場にシモンも居合わせて、こっちの予定を優先するように言われたんだ」

「へえ」

「ほら、シモン、お父さんのファンだから」

船着き場の表示に合わせて左折しながら、レイモンドがチラッとユウリを見て言う。

「それは、光栄だね」

「うん。僕も嬉しい。——で、その時にワイト島の別荘に所有しているボートの話をしたら、すごく羨(うらや)ましがっていた。この夏、時間があったら、セイリングに連れていってくれないかなって」

「ああ、いいね。せっかくならアンリ君も誘って、みんなでボート体験でもするかい？」

「する！」

喜んだユウリが、「ただ」とぼやいた。

「シモンがあまりにお父さんのことを尊敬し過ぎていて、たまにお父さんの本を薦めてくるんだけど、それがけっこう大変で」

「大変？」

意外そうに訊き返したレイモンドに、ユウリが「だって」と説明する。

「お父さんの本をシモンほどのスピードで読むことはできないから、感想を書くまでに一ヵ月以上かかってしまうこともよくあって、かんじんのメールを送る頃には、シモンのほうではすっかり忘れていた――な～んてことも起こりがちだからさ」

「――なるほど」

複雑そうに応じたレイモンドは、この場合、息子の読解力についてなにかコメントするべきか、それとも知らないところで交わされているらしい息子とその友人による著書への感想に興味を持つべきかで悩んだ。

結局、どちらを選ぶ間もなく船着き場に到着し、会話はいったんそこで途切れる。

ワイト島へは車ごと船で渡れ、その先は、ほとんど時間がかからない。

そうして到着した別荘では、レイモンドが前もって管理人に頼んでおいたため、すでに暖炉に火が入り、簡単な軽食と夕食用の食材などが準備されていた。

そこで、まずは腹ごしらえをすることにして、二人は用意された軽食に手をつける。途中なにも食べていなかったので、どちらもとても腹ペコだった。

暖炉のそばに陣取り、そこで食べながらおしゃべりをする。

そんな中、レイモンドが着信音を響かせたスマートフォンを取り上げて言う。

「お母さんから、メールだよ。――『いいね』ってさ」

どうやら、先ほど船の上で撮った写真を、日本にいる妻に送信しておいたようだ。

続けて、レイモンドが「あ、でも」と報告する。

「寝付かせるつもりでクリスに写真を見せたら、逆に泣いてしまったらしい」

「え、なんで?」

「おそらく、一緒にいられないことへの不満なのだろう」

「――ああ、なるほど」

幼い子供の視点というのは、時に大人の想像を超えてくる。

ユウリはそんなクリスに無性に会いたくなりつつ、別荘で過ごす親子の情景を切り取った映像作成に協力した。その際、レイモンドの様子は、いつもの博士然としたものから幼い子供を持つ父親の顔になっていて、それが、ユウリには新鮮だった。

物心ついた時には、すでに父親はフォーダム博士だったからだ。

（もしかして、僕たちが小さかった時も、お父さん、こんなだったのかな？）

思う間もなく、ああだこうだ言い合いながらなんとか映像を送り、落ち着いたところでコーヒーを片手に語り合う。

「それにしても、クリスって、どんどん大きくなるね」

「そうだが、私は、お前やセイラで経験ずみだから、さほど感慨深くはない。子供の成長なんて、本当にあっという間だよ」

「……そうなんだ」

ユウリが、おのれの未来に想(おも)いを馳(は)せていると、「ただ」とレイモンドが告げた。

「クリスの話が出たついでに報告させてもらうと、いちおう、この夏、お母さんとクリスはロンドンに戻ってくる予定だから」

「あ、やっぱり？」

ユウリが納得する。

「そろそろじゃないかとは思っていたんだ。シモンとも、そんな話をしていて、でも、そうなると、本当にアンリはどうするんだろう？」

「さあ、わからないが、ベルジュ家のほうには、この旅行のあとで報告するつもりでいるから、あちらはあちらで考えるだろう。——ともあれ、お前には先に伝えるべきだと思ってね」

「うん、ありがとう」

ユウリは、父親の気遣いに感謝する。

たぶん、ユウリはシモンやアンリから聞かされても気にしなかっただろうが、若干「ええ⁉」となった可能性も否めない。

レイモンドが、「それで」と続けた。

「報告する際には、向こうが気にしないようなら、うちとしては、このまま、アンリ君にいてもらって構わないと伝えるつもりだ。彼は、とてもいい青年で、エヴァンズ夫人のお気に入りのようだからな」

「よかった！」

ユウリはホッとするが、シモンの考えはおそらく違うだろうなと思う。どうやら、ベルジュ家のほうでも、この夏、若干の予定変更がありそうだ。

ユウリが言う。

「まあ、そうなると、ハムステッドの家は、しばらくぶりににぎやかになるね」

「そうだな」

「あれ、でも、セイラは？」

現在母親と一緒に日本で暮らしている三つ年上の姉の話が出ていないことを受けての言

葉に、レイモンドが「彼女は」と教える。

「まだ、大学院の途中だから、当然、向こうに残るそうだ。――それに、彼女、博士号を取ったあとも、あそこの研究室に居続けそうだし」

「ふうん」

その点、ユウリは意外だった。

姉の性格を思うと、絶対にイギリスかアメリカの研究所に行きそうなのだが、そこをあえて日本に留まるというのであれば、現在師事している教授のことをよほど気に入っているのだろう。たしか、若くしてノーベル賞を受賞した生化学者であったはずだ。イギリスにおけるレイモンドのように、その人物も、日本のオピニオン・リーダーのような役割を果たしている。

「ただ、他人のことより、お前はどうなんだ？」

コーヒーのお代わりを注いだところで、レイモンドがさりげなく尋ねた。

どうやら、ゆっくり話したいことがあるというのは、母親と弟の帰国に加え、ユウリの方向性についてであったらしい。

というより、これが本題なのだろう。

「ああ、うん、そうだよね」

「やりたいことはあるのか？」

「……それが、まだよくわからなくて」

　ユウリが、ここ最近悩んでいたことを素直に告白する。

「なんというか、シモンはもとより、大学で一緒の友だちも確実に将来に向かって踏み出しているのに、僕だけは、いっこうにその道が見えなくて、焦っている。──こんなに恵まれた環境にいながら、なんとも情けない話なんだけど、ホント、どうしたらいいんだかわからなくて」

　吐露ついでに、ユウリが尋ねる。

「ちなみに、お父さんは僕にどうしてほしいとか、ある？」

　レイモンドが薄茶色の目を細めて、おもしろそうにユウリを見た。

「そんなこと言って、お前の将来を、私が決めていいのかい？」

「そういうわけではないけど……」

　答えたユウリが、溜め息をついて続けた。

「ごめん、主体性がなくて。──がっかりした？」

「まさか」

　やわらかく笑ったレイモンドが、言う。

「お前の性格は、誰よりも理解しているつもりだし、たぶん悩んでいるんじゃないかと思ったから、今回、旅行に誘ったんだ」

「そうなんだ」

ユウリは、離れて暮らしているのに、父親がきちんと息子のことを理解してくれていることに感動する。

レイモンドが言う。

「言っておくが、お前は、シモン君や私とは違う」

「まあ、それはそうだね」

ユウリは認める。

この先、シモンや父親のようになれと言われたところで、逆立ちしても無理なのはわかっている。

落ち込むユウリを、レイモンドが諭す。

「勘違いするなよ、ユウリ。私は、それが駄目だと言っているわけではない」

「そうなの？」

「ああ。——思うに、世の中には、自分の手で未来を切り開いていくタイプと、状況に合わせて適応していくタイプの二種類の人間がいる。あるいは、その中間と合わせて、三種類かもしれないが、それはひとまず置いておいて、お前やお母さんは、間違いなく二つのうちの後者だ」

「え、僕はわかるけど、お母さんも？」

「ああ」

うなずいたレイモンドは、コーヒーに口をつけてから続けた。

「もし、お母さんが、私と同じように自分で未来を切り開いていくタイプであったら、あちこちでぶつかってしまって、まず結婚はできなかったろう。――だが、幸いにも、彼女は、私に合わせてどんどん自分の生き方を変えてくれた。いつも思うが、あの人は、本当にがまん強くて柔軟だ。そして、お前は、そんなお母さんにそっくりだよ」

「……へえ」

今まで知ることのなかった父親の考えに、ユウリはすっかり聞き入ってしまう。

レイモンドが「それで」と言う。

「お母さんやお前のようなタイプの人たちは、一見、のんびりしていて不甲斐なさそうに見えて、その実、運命が動くのに合わせて自分を変えていける度量の広さがある。それを思うと、お前なんかは、慌てなくても、運命のほうが動きだすまでは、のほほんとしていていい気がするんだ」

「――え？」

ユウリが、少し考えてから訊き返す。

「でも、それって、途中、単に怠けているってことだよね？」

「そうだけど、別に怠けていてもいいと思うよ。だいたい、怠けているのはよくないと、誰が決めたんだ。――もちろん、頑固なうえに努力もしないでいると、人はただただ世の中から置き去りにされるだけだと思うが、お母さんやお前のような人たちを身近で見ていると、怠けて見える時間に、実はひっそりと変化のためのエネルギーを蓄えているように感じるんだ」

「エネルギーを蓄える……か」

レイモンドの言葉を噛みしめるように繰り返したユウリが、「それって」と自分なりの喩えをあげる。

「さなぎ状態ってこと？」

「ま、そうとも言えるし、私なんかは、特にお前に対して、『三年寝太郎』なんて昔話を思い浮かべてしまう」

「……『三年寝太郎』」

ユウリが、複雑な思いで呟く。

たしか、寝てばかりいる怠け者が、ある時、村の一大事に力を発揮し、それが終わるとまた寝てしまうという、いささか情けない感のある英雄譚ではなかったたか。

ユウリの表情を見て笑ったレイモンドが、「あれは」と説明する。

「東西を俯瞰してもなかなか珍しい英雄で、ふつう、英雄といえば、桃太郎やペルセウスのように、みずから運命を切り開く形で語られるが、彼は、知ってのとおり、ことが起こるまで寝ていて、ことが起こった時にだけ必要に迫られて対処し、また寝てしまう。それでも英雄は英雄だし、村人も最後は感謝している。それに、彼は、寝ながら村の問題について考え続けていたのだから、必ずしも怠け者というわけではない」

「そうだね」

認めたユウリが、「それなら」と尋ねる。

「僕も、なにか起こるまで寝て待てってこと？」

「まあ、さすがにそこまでは言わないが、お前の場合、運命がお前を動かす時が必ず来るはずだから、それまでは、目の前にあることを片づけながら、のんびり構えていていいのではないかと」

「のんびりねえ」

そう言われても、どうのんびりしていいかもわからないようなユウリに対し、レイモンドが親切に教えてくれる。

「具体的に言うなら、将来の方向性が決まらないようなら、大学に残って勉強を続けてみるもよし。このまま卒業して、しばらくプラプラしているのもよし。とにかく、なんとでも生きていけるのだから、焦る必要はないってことだよ」

「しばらくプラプラ……？」

その言葉の意味を汲み取ったユウリが、確認のために訊き返す。

「まさか、日々、遊んで暮らしていてもいいってこと？」

いくらなんでもそれは否定されるかと思いきや、レイモンドはあっさり答えた。

「ああ。食うに困るわけでもないんだ、遊んでいてもいいだろう。なんなら、昔のグランド・ツアーのように、世界旅行にでも行ってくるか？」

かつて、良家の子息が見聞を広げるために各地を旅したことを踏まえての発言であったが、ユウリは呆れて応じる。

「それは、いくらなんでも甘やかし過ぎだと思うけど」

口をとがらせたユウリが、ちょっと反抗的に言い返す。

「お父さんは、僕がへなちょこになってもいいの？」

「ならないさ」

どんな根拠があるのか、レイモンドはきっぱりと断言し、「お前は」と続ける。

「根が真面目だから、どうあがいてもへなちょこになれない」

「そんなの、わかんないよ？」

もう一度反抗的に言い返してみるが、レイモンドの主張は変わらない。

「わかるんだよ。私は、お前の父親だから」

そう言われてしまえば、返す言葉もなく、ただ、レイモンドの信頼を受けていることがどうにも嬉しくてしかたなくなる。

ややあって、ユウリが呟いた。

「でも、そうか。運命がねえ」

すると、レイモンドが声のトーンを落として、「これは」と真摯に告げる。

「私の気持ちのうえではあまり勧めたくはないんだが、お前が幸徳井家の世話になるという話だって、隆聖君が無理に進めようとする限りは断固として反対するものの、お前自身がどうしてもそうしたいと願うなら、私は止めやしない。――お前の人生だからな」

「そうなんだ……」

ユウリは、その言葉を意外に思う。

ユウリが幸徳井家の世話になる――つまりは、幸徳井家に入って修行をし、隆聖のもとで仕事をすることだけは頑として反対されると思っていたからだ。

だが、レイモンドは、あくまでもユウリの意思を尊重してくれるという。

本当に、どこまで子供に甘い父親なのか。

そこで、ユウリは言った。

「安心して、お父さん。これまでのようなちょっとしたお手伝いならともかく、本格的に隆聖のもとで仕事をするという選択肢は、今のところ僕の中にはないから」

「それは、よかった」

心底ホッとしたように応じたレイモンドが、「それは」と付け足した。

「もしかして、シモン君のことがあるからかい？」

「そうだね。それは大きいと思う。——シモンのそばにいられるという幸運を思えば、やっぱりそれをみずからの手で捨てたくはない」

「ま、それはそうだろう」

父親も納得し、「私から見ても」と認めた。

「お前たち二人は、お互い、かけがえのない人生の友人（パートナー）を得たと思うよ。それは、この先どちらかが結婚したとしても、変わらないはずだ」

「本当に？」

「ああ。——だから、捨てたくないなんて消極的なことを言ってないで、なにがあろうとそれを大事にすることだ」

6

翌日。

家に戻ったユウリは、ケンブリッジに戻ったレイモンドとの会話を思い返しながらシャワーを浴びていた。

水流の下、さまざまなことが頭の中を巡っている。

（そうか、お母さんとクリス、戻ってくるのか……）

大きな変化は、まずそれだ。

おそらく、今までとは打って変わってにぎやかになるだろう。

家族と過ごす日常。

だが、ふつうの子供にとって当たり前の光景が、ユウリにとっては大型連休に行く旅行などと同じくらい非日常的なものに感じられた。

なにせ、十代半ばに親元を離れてパブリックスクールに入って以来、長く両親と一緒に暮らしたことはない。父親は、常に調査のためにあちこち飛び回っていて、母親もそれについてまわっていた。

だから、家族が一堂に会するのは夏休みと年越しくらいで、それもたった数日のことである。

あとは、親の目の届かないところで勝手気ままに暮らしていた。

幸い、シモンという唯一無二の親友を得たことで、これまで淋しい思いをせずにすんできたし、そういう意味では、ベルジュ家の人々のほうが、実際の家族よりも頻繁に会っていた可能性が高い。

だからといって、ユウリは自分の家族が苦手とかそういうことはいっさいなく、家族全員を心から愛していた。

だから、戻ってくることは大歓迎なのだが、やはり心積もりは必要だ。

ある心理学者が言うには、どんなに親しい間柄であっても、一緒に過ごすことで人はストレスを受け、一人になった時にそれを発散するらしい。とはいえ、やはり家族が戻るのは嬉しいし、なにより、弟の成長を間近に見られるのは極上の気分である。

（ああ、そうだ）

すっきりした身体に室内着をまとい、濡れた髪をタオルで拭きながら浴室を出てきたユウリは、歩きながら思いつく。

（クリスに変なものが寄りつかないよう、強力な護符を作っておかないと——）

なにぶんにも、おかしなものが寄ってきやすいユウリであれば、その影響が幼い弟に及んでは大変である。

思い立ったが吉日とばかり、早速、そのことを従兄弟の幸徳井隆聖にお願いしておこうと携帯電話に手を伸ばす。一緒に仕事はしないと言っておきながら、なにかあれば、こうしてつい頼ってしまうが、それくらい頼りがいのある人物なのだ。

そこで、携帯電話の画面を開いてメールを打ちながら移動していたユウリは、部屋の中央に差しかかったところで、なぜか、ふいにガクンと前にのめった。

その一瞬、足下の床が消え失せた感覚がある。

「えっ、――うわっ」

いったい、なにごとが起きたのか。

驚きの声をあげて倒れていくユウリの手から携帯電話が飛び、部屋の隅に転がる。

そして、ユウリ自身はといえば――。

「うわあああああ！」

悲鳴とともに、床の中へ落ちていった。――より正確には、床の上にあった梯子の絵の中に、吸い込まれるように落ちていったのだ。

どうやら、壁にかかっていたはずの絵が、なにかの拍子に落ちたらしい。

地震でもあったか。

あるいは、大風でも吹き込んだか。

問題は、その絵がとても特殊なもので、そこに描かれている梯子が、実は密かに天使が往来できる通路になっているということだった。

　もっとも、特別な用がない限り天使が往来することはないため、ユウリは、友人が自分のために描いてくれた絵として、額に入れて飾っておいた。そして、これまで、そのことで特に不都合が起きたことはなかったのだ。――強いて言えば、一度、天使が一人落ちてきたことくらいか。

　それが、なぜかはわからないが床の上にあって、不用意にその上に乗ったユウリが絵の中の空間に吸い込まれてしまったというわけだ。

　落下したユウリは、幸い、梯子の上に落ち、それ以上の落下は防げた。

　ただし、背景が空であるため、正確には、自分が落下したのか、それとも上昇したのか、はっきりとしたことはわからない。

　とにもかくにも、梯子にへばりついて大きく安堵の息を吐いたユウリは、それをのぼりながら――あるいはくだりながら「やれやれ」と呟く。

「ひとまず、助かったけど……」

　遠くに見えている額縁に向かって進みながら、ユウリは悩ましげに続ける。

「こんなものを家に置いておいて、万が一にでもクリスが落ちたら、それこそ一大事だ」

　なにせ、クリスはまだ幼い。

　そして、これからは頻繁に悪戯もするようになるだろうし、壁にかかった絵に触ろうとすることもあるだろう。

そして、なにかの拍子に、この絵の中に吸い込まれてしまわないとも限らない。

（うわ、それだけは、絶対にダメだ！）

ユウリは、焦って思う。

クリスが戻ってくる前に、この絵は別の場所に移動しておいたほうがいい。

（だけど、移動するにしても、いったいどこに……）

考えながら、ようやく額縁のところまで辿り着いたユウリは、正直、ホラー映画の登場人物になった気分で、さらに、そういう時に鳴りそうな曲のフレーズを頭の中で繰り返しながら、自分の部屋に這い出た。

そして、床の上に座り込んで「やっぱり」と呟く。

「あそこに頼むのが、ベストなのかな。――ただ、そうなると、いろいろと問題もありそうだし……。う～ん、困った」

なんとも非現実的な状態にありながら、現実的な事柄について悩むユウリだった。

第三章　姿なき人物

1

週明け。

ユウリは、大学近くにあるいつものカフェで友人たちとランチを取っていた。

ただ、このあとシモンとアフタヌーン・ティーをする予定になっているため、ひとまず小さなサラダとオレンジジュースだけにしておく。

一緒にいるのは、今を時めく英国俳優のアーサー・オニールとオニールの従兄妹（いとこ）で同じく女優のユマ・コーエンだ。芸能人らしいオーラをまき散らしている二人と一緒だと目立つことこの上なく、気後れすることもしばしばだが、それでも彼らがユウリの大切な友人であることに変わりはない。

そして、本来なら、ここにあと二人、法科に所属するエリザベスとオスカーの姿があってもいいのだが、いっこうに姿を現さない。

以前は毎日のように一緒にお昼を食べていたが、学年があがるにつれ、それぞれ勉強が忙しくなったり、学部のほうの付き合いが増えたりして回数が減っていき、最近では週に二日くらいしか全員が揃うことはなくなった。

それだけに、その貴重な機会を逃さないよう、みんな暗黙のうちに時間を調整していたのだが――。

「来ないわね、あの二人」

「ホント、なにやってんだか」

蠱惑的な緑灰色の目を細めて言ったユマに対し、オニールが炭酸飲料の入った紙コップを取り上げ、ストローを口にくわえながら応じる。そんな無雑作な仕草でさえ、なんとも様になる華やかさがあった。

どちらかというと演技派で知られるユマに比べ、オニールはとにかく見た目がいい。

燃えるような美しい赤毛。

トパーズ色に輝く瞳。

甘い顔立ちは女性ファンを虜にしてやまず、今も話しかけたそうにしている女子学生がまわりに何人もいる。

だが、オニールは、あまり愛敬をふりまかない。かつてはそれなりに愛想よくしていたのだが、それを始めたらきりがないことがわかってきたので、最近になり、大胆に方向転換したらしい。

　どうやら身近にシモン・ド・ベルジュという孤高を保ちつつも周囲の崇拝を集めるのに長けた人物がいるため、若干その真似をしているようだ。ただ、そもそものこととして、シモンはオニールと違い、人気が仕事を左右する立場にないため、必ずしも正解とはいえないだろう。

　結局、あれこれ模索した末に、オニールなりのスタイルを見つけるしかない。

　とにもかくにも、今は周囲のことなどどうでもよさそうに、オニールが続けた。

「もしかして、ついに二人は付き合うことにしたけど、僕たちの前ではバツが悪いから顔を出せないでいるとか？」

　そんな邪推に対し、ユマがスマートフォンを操作しながら否定する。

「この前も言ったけど、それはないわね。少なくとも、リズは、ロースクールの件が片づくまで、それ一筋のはずだから」

「ふうん。さすが、『クール・ビューティー』」

「あ、その呼び方、リズ、大嫌いよ」

「知っている」

　トンと音をたてて紙コップを置いたオニールが、「だから」と言い訳する。

「本人の前では言わないけど、実際、ピッタリじゃないか」

「そう？」

納得がいかないように応じたユマが、「彼女は」と友人を庇うように言い返した。

「どちらかと言うと、人情味があって、むしろホットな性格をしていると思うけど」

ユウリが、それに呼応する。

「僕もそう思う。──彼女、きっと情に厚い弁護士になるよ」

オニールがチラッとユウリを見おろして意見を翻した。

「言われてみれば、そうかもしれない。『クール』なんて、彼女の表面しか見ていないあだ名だよな」

すると、ふたたびスマートフォンの画面を確認したユマが、「にしても」と懸念に満ちた声をあげる。

「変だわ。そのリズから全然返信がこない」

「そうなのか？」

オニールが脇からユマのスマートフォンをチラッと覗いて、心配そうに言う。

「まさか、がんばり過ぎて、倒れているんじゃないだろうな？」

「やだ。怖いこと言わないでよ」

応じたユマが、ユウリに言った。

「ね、ユウリ。オスカーと連絡は取れない？」

「ああ、うん。メールしてみる」

ユウリは携帯電話を取り上げ、オスカーにメールを打ちながら、なんとも憂いげな表情になった。

（本当に、どうしたんだろう……）

先週、ユウリの名前を騙って彼女にチョコレートのプレゼントが届けられ、その対処に行った際、もしなにかあれば、遠慮などせず、すぐに連絡するよう口を酸っぱくして告げておいた。

そして、彼女もそれを受け入れてくれたのだ。

そのうえで、その後、なにも連絡がなかったので、てっきり特に問題は起きていないのだろうと呑気に構えていたが、仲よしのユマのメールにすら返信がないなんて、もしかして、連絡すら取れないような深刻な状況に陥っているのだろうか？

あの時預かったチョコレートや包装紙についての調査結果は、このあと会うことになっているシモンから、今日あたり教えてもらえるのではないかという気がしているので、ユウリは、その結果を携え、夕方にでも一度エリザベスのもとを訪ねてみようかと考える。

そのうちにもメールを打ち終えたユウリは、しばらく携帯電話を手に返信を待つが、どうしたことか、こちらもなんの反応もない。

　ユマが急かす。

「ね、オスカーからの返信はまだ？」

「うん。まだない」

「それも、変よね」

　ユマが言う。

「オスカーって、ふだん、すごくまめだし、特にユウリからのメールなら、なにをおいても真っ先に返信をよこすでしょう？」

「……そうだね」

　ユウリ自身は、あまりまめにメールをチェックしないため、相手からの返信が遅いことを責める気にはならなかったが、ユウリのように、ふだんから返信が滞りがちであるのと違い、いつもは即レスの相手からの返信が滞ると、変な想像が膨らんで心配になってしまう。

　ユウリが呟く。

「たしかに、オスカーにしては珍しいかも」

するとと、食べ終わったあとの紙類をまとめたオニールが、「おいおい」と口をはさむ。

「いったい、どうなっているんだ？」

「わからない」

ユウリが頼りなく答え、ユマがすねたようにあとを引き取る。

「なによ、リズったら。いくら忙しくても、返信くらいしろっての」

口調が乱暴になったのは、心配する気持ちの裏返しだろう。

だが、忙しいのは彼らとて同じで、そうそう人の心配ばかりもしていられないため、舞台稽古の時間が迫ってきたのを機に、ユマとオニールがまずはその場を立ち去った。

一人残されたユウリは、その後も、繰り返し携帯電話をチェックしていたが、こちらもこちらでシモンとの待ち合わせの時間になったので、ひとまず諦め、馴染みのカフェを出ていった。

2

それより少し前の午前中。

シモンは、ある用事のためにロンドン市内の高級住宅地、ベルグレーヴィアにある建物の一つを訪れていた。煉瓦造りの瀟洒な外観で、フラットとして開発されたものを家主となった企業が事務所代わりに使っているものだ。

シモンの母方の祖母――つまりシモンの母親であるエレノアの母は、イギリスきっての名門貴族ウェストロンダニア公爵位を継承するマッキントッシュ・メイヤード家の出身であり、ベルグレーヴィアを含むこのあたり一帯は、その親族が所有している。

ベルジュ家との関係でいうと、最近代替わりした現公爵が、エレノアの母の兄であるため、シモンの父親であるギョームとは妻を通して伯父と甥の関係となり、必然的に現公爵の孫がシモンの又従兄弟ということになる。

ちなみに、その又従兄弟たちとは年齢も近く、シモンが留学先にイートンを始めとする名門校を選ばなかった大きな理由は、彼らとの関係性であった。当時、自分の出自を含めたさまざまなことで思い悩んでいたシモンは、できる限り、自分の生まれや立場とは疎遠になれる場所で学びたかったのだ。

そして、それは正しかった。

もちろん、シモンがベルジュ家の人間である限り、まったく無縁でいられることはなかったが、それでも、シモンのまわりには、名家の威光に臆さない才気煥発な逸材が集ってくれたからだ。

ただし、そこにユウリが含まれるかどうかは微妙だ。

というのも、本来、ユウリとは、フォーダム家の家柄からしても、むしろ上流階級の社交場で知り合ってもおかしくないのだが、たまたま、シモンもユウリも、そういうものとは無縁の場所に身を置きたかったがために、「セント・ラファエロ」という、イギリスのパブリックスクールの中ではいとも中間的な場所で知り合うことができたのだ。

これはむしろ、運命的な出会いといえるだろう。

とまれ、今ではすっかり後継者としての自覚が芽生えたシモンは、ベルグレーヴィアにベルジュ家の私的な拠点を準備するため、その交渉役としてやってきた。

相手は、親族会社であるマッキントッシュ・グループだ。

ところが、応接室に通されたシモンは、そこで残念なことを知らされる。

「――大雪で足止め？」

繰り返したシモンに対し、対応に出た別の部署のトップ――シモンにとっては数いる親戚の一人で大叔父に当たる人物が真摯に応じる。

「本当に申し訳なかったね。――デイヴィッドは一昨日アメリカから戻るはずだったのだが、言ったように大雪で飛行機が飛ばなくなってしまい、一晩、空港に缶詰にされたということなんだ」

「……それは、災難でしたね」

　デイヴィッドというのが実務担当者の名前で、大叔父の甥に当たる。

「うん。向こうは久々の寒波だそうで、電話では、この世の終わりが来たかと思ったと嘆いていたくらいだ」

「お気の毒に」

ただ、それならそれで、シモンのほうに一報をくれてもよさそうなものだが、相手の秘書の連絡ミスで、今に至るまで約束がキャンセルされることはなかった。

　本来なら文句の一つも言いたいところだが、なにぶんにも親族であれば、シモンは溜め息一つですませることにした。幸い、一分一秒を争ってまで利益をあげなくてはならないようなあくせくした生活ではない。

　シモンが訊く。

「それで、彼は無事に戻れそうなんですか？」

「それが、午前中に入った連絡では、なんとかロンドン行きのチャーター機に乗ることができたそうで、今日じゅうには戻れるという話だった」

「そうですか」

シモンは言い、「それなら」と続ける。

「明日、出直してくることにします。──それで、よろしいですか？」

「ああ。伝えておくよ。──でもまあ、それはそれとして、こうしてわざわざ来てくれたんだ。よかったらお茶でも飲んでいきたまえ」

言ったあとで、「それとも」と思いついたように別の案をあげる。

「近くのホテルでアフタヌーン・ティーでもするかい？」

それはビジネスの続きというより、完全にフランスから出てきた親戚の子供を扱う態度であった。

苦笑したシモンは、失礼に当たらない程度のやわらかさで辞退する。

「せっかくですが、このあと、友人と会うことになっているので、アフタヌーン・ティーはまた別の機会に」

「そうか」

特に残念がるでもなく応じた大叔父は、「だったら」と言いながら秘書を呼びつけて指示する。

「おい、君。お茶の準備をしてくれ」

「かしこまりました」

それから、お茶の支度ができるのを待つ間、大叔父が思い出したように訊く。

「そういえば、今晩、泊まるところは手配できているのかい？」

「はい」

「それならいいが、こちらの都合で打ち合わせを延期するのだから、困ったことがあったら何でも言ってくれ」

「ありがとうございます」

話している間に秘書が運んできてくれた紅茶を飲みながら、彼らは他愛ない雑談に花を咲かせる。

「ご家族は、みんな、お元気かい？」

「ええ、おかげさまで」

「たしか、弟さんがこっちの大学に入ったんではなかったか？」

「はい。ロンドン大学に」

「そうか。君は君でこちらのパブリックスクールに留学したということだし、ベルジュ家の子供たちは、みなしっかりしているね」

「――どうでしょう」

そこは苦笑して応じたシモンが、チラッと時計を見る。

せっかく時間が空いたのなら、ユウリと会う前にどこかのカフェでレポートの一つでも片づけてしまおうかと思ったのだ。

　そんな彼に、大叔父が呑気に言う。

「そういえば、私の部署が扱っている物件で、最近、ちょっとおもしろいことがわかってね」

「へえ」

「おもしろいというか、ひどく謎めいているというか」

　そこで、もったいぶるように間を置いた大叔父は「なにせ」とわずかに声をひそめて続ける。

「取引相手の一人が、幽霊だったんだ」

「幽霊？」

　とたん、なんとも間のいいことに、木枯らしが吹きつけて窓ガラスをガタガタと鳴らした。

　とっさに二人で視線をやったあと、シモンが「それは」と確認する。

「幽霊会社という話ではなく、本物の幽霊ですか？」

「ああ。本物の幽霊だよ」

「——なるほど」

　それはたしかにおもしろい。

いったいどういうことなのか。

イギリス人は幽霊好きだし、この話もそんな幽霊好きな彼らならではのちょっとしたジョークに終わるのかもしれない。

だが、実際に日常生活で幽霊や悪魔のような存在が身近になってしまっているシモンとしては、いささか興味を覚える話であった。

大叔父が言う。

「ああ、でも、君たちフランス人には、幽霊なんてバカげたことだと笑われてしまうかもしれないな」

「いえ、そんなことないですよ。フランス人が幽霊をバカにするのは、ちょっと気取ってみせているだけですから。実際、その手の幽霊譚や摩訶不思議な話は、国境を越えて万人が好きなものです」

「そうかい？」

言外に続きをうながしたシモンに対し、大叔父が嬉しそうにしゃべりだそうとするが、その時、ノックの音とともに大叔父の秘書が入ってきて、なにやら耳元で告げた。

それを受け、「――ああ、そう。もう来たのか」と呟いた大叔父が、シモンのほうへ向き直り、半分腰を浮かしながら言う。

「申し訳ない、シモン君。来客だそうだ」

「わかりました。お話の途中で残念ですが、お暇（いとま）しますよ」

「悪いな。——でも、ちょうど、今話した物件のことで、借り手のほうの関係者が来たようなので、この話は、結果を含めて次回にでも報告するよ」

つまり、「幽霊（ゴースト）」が来たということだ。

もっとも、実際に来られたなら、それはもはや「幽霊（ゴースト）」ではないわけで、やはり幽霊に絡めたジョークであったようだ。

それでも、正直、話の顛末（てんまつ）はぜひ知りたいと思い、シモンは握手の手を差し出しながら応じる。

「ええ、そうですね。楽しみにしています」

3

客が待っている応接室に向かいながら、大叔父は、将来有望な親戚の子供のことを考えていた。

(評判どおり、彼は非の打ち所のない立派な青年に成長したな)

大叔父が知る限り、幼い頃のシモンは、もっととっつきにくく、なんともこまっしゃくれた子供だった。

大人の目からすると、当時のシモンには、誰のことも信用するものかといった、周囲を頑なに拒んでいるような意固地さがあったのだ。おそらく、頭がよすぎるがゆえに、大人たちの薄っぺらさや貪欲さが透けて見えてしまい、それが純粋な子供には受け入れがたいことだったのだろう。

だが、なにかが彼を変えた。

今日の彼はずいぶんと柔軟だったがゆえに、あの完璧な容姿に加え、態度振る舞いも文句なしの貴公子になっていたといえるだろう。

(あれほどの逸材は、うちの一族にもいないな)

彼は、自分の孫たちの顔を思い浮かべながら考える。

（それどころか、雲泥の差だ）

十代で社交界デビューして以来、シモンは常に注目の的である。

硬さが残っていた当時でさえ、社交界がざわめいたのに、現在の彼を見て、二十代の娘を持つヨーロッパの富裕層の中で、娘婿の候補者にシモンのことを考えない親はいるだろうか。

学校こそ、イートンなどの名門校ではなかったが、それだって、恐ろしいことに、彼が卒業したことで「セント・ラファエロ」という無名のパブリックスクールが、今では息子を入れたい学校として上位に名前があがっているくらいだ。

すさまじい影響力である。

もちろん、それについては、シモン一人の功績ではなく、同じ頃に卒業した天才ヴァイオリニストのローデンシュトルツや俳優のアーサー・オニールなどの影響もあるだろうし、実は、もう少し前の時代から、あの学校の卒業生が社会に出て、はじめこそ無名ではあっても政治や経済、果ては学術の面で頭角を現すようになっていったからというのもある。

おそらくベルジュ家では、そういった卒業生たちの動向なども綿密に調べたうえで、大事な息子をあの学校に入れることにしたはずだ。

そういう意味で、シモンが「セント・ラファエロ」を卒業したことは、父親であるギョーム・ド・ベルジュに先見の明があったからだといえる。

そう考える大叔父は、もちろん、シモンが自分でセント・ラファエロを選び出したことを知らずにいる。

知っていたら、驚きは倍増したことだろう。

なんであれ、彼も、他の者たちと同じく、シモンを孫娘の婿にしたいと思っていた。

血縁関係にあるとはいえ、孫の代ならほとんど赤の他人といえるくらいの血の薄さであるし、縁組みとしてはまず問題ない。

（あとは、並みいるライバルたちをどう出し抜くかなんだが……）

実際、シモンの妻の座に収まるのは、いったいどんな女性であるのか。

当事者でない彼らまでもが、戦々恐々としてしまう。

最近の噂では、シモンとは母方の従兄妹にあたるフランスの名門ピジョン家の令嬢の名前が筆頭候補にあがってきているようだが、実際問題として血が濃すぎるため、現実味は薄いはずだ。

（もっとも、諸事情を思えば、絶対にありえない縁組みというわけではない……）

なかなかに頭の痛い問題だと思いながら応接室のドアを開けた大叔父は、そこで待っていた男を見てハッとした。

窓を背にして立つ青年。

まだ若い。

だが、妙に迫力がある。

長身瘦軀。

底光りする青灰色の瞳。

黒いコートを着て佇む姿にただならぬ威圧感があり、大叔父は一瞬、この部屋に魔王が舞い降りたのかと思ったくらいだ。

とっさに怯んでしまった自分を悔しく思いつつ、彼は入室する。

（それにしても、この私が一瞬でものまれるとは、彼はいったい何者だ？）

マッキントッシュ・メイヤード家の一翼をなす大叔父は、生まれてこの方、どんな場所でも王者であった。プレップスクールに始まり、イートン校、オックスフォードと順調に進み、そのすべてにおいて勝者であったのだ。

イギリスで、マッキントッシュ・メイヤードの名にひれ伏さない相手などいない。いるとすれば、それは王族くらいのものであるはずなのに、目の前の青年は、それらを蹴散らすだけの傍若無人さを放っていた。

大叔父が、態勢を立て直しながら言う。

「――やあ、どうも。お待たせして」

「まったくだ」

高飛車に肯定した相手にどぎまぎしつつ、大叔父は問いかける。

「それで、貴方が、ええっと」

だが、そこまで言ったところで客の名前を失念していた大叔父は、一瞬言い淀み、部屋の中にいた秘書のほうを見て確認する。

すぐに秘書が小声で伝え、うなずいてから、ふたたび客に向き直る。

「――失礼、ミスター・シン？」

「その代理人だ」

「代理人？」

思わず不審げに繰り返した大叔父は、今度は秘書が渡した資料に目を通して納得する。

「ああ、なるほど。代理人ね。――たしかに、ご本人にしては若すぎると思ったが、あるいは『幽霊』らしく、若返ったのかと思ったよ」

大叔父の放ったジョークに対し、ニコリともせずに窓辺を離れ、ドカッとソファーに座った青年が言う。

「挨拶がすんだところで、本題に入らせてもらう。俺は、あんたたちが抱えている問題を解決するために来たんだ」

「解決？」

なんとも傍若無人な態度に驚きつつ、それでも相手のペースに乗せられながら大叔父が訊き返す。

「それは、『ミスター・シン』の店を巡る例の問題かな？」

「当然、そうなるな」

認めた青年が、「簡潔に言わせてもらうと」と要点のみを伝える。

「これからは、そちらの言う『幽霊(ゴースト)』になり代わり、俺があの店の『影のオーナー』として、あんたたちの要求に応(こた)えることになった」

「『影のオーナー』？」

「そう。――今日は、その挨拶に来たまでだ」

4

一方。

大叔父のところを辞したシモンは、通りに出たところで、着信音を鳴らしたスマートフォンを取り出した。

発信者を確認すると、そこには意外な人物の名前が表示されている。

ピジョン家を通じた遠縁にあたるローマ教皇庁の枢機卿（すうききょう）だ。

彼と直接会ったことはほとんどないが、ここ数年、教会関係のトラブルで何度か世話になったり、向こうの頼まれごとを引き受けたりした関係で、互いに連絡ができる番号を教え合っていた。

そこで、シモンは脇に寄って電話に出る。

「アロウ」

『やあ、シモン君』

フランス語で応じた相手が、そのままフランス語で話し出す。

『久しぶりだね、元気にしているかい？』

「はい。おかげさまで。——猊下（げいか）は、お変わりなくご活躍のご様子で」

『うん、まあ、忙しくはあるな』

応じた枢機卿が、『で、挨拶はそれくらいにして』と続けた。

『用件を言うと、どこかで会えないかな。できれば、会って話したいことがあってね』

「それは構いませんが、実は、今、ロンドンにいるんですよ」

往来に視線をやりながら話すシモンのことを、通りすがりの女性の多くが二度見して過ぎていく。そのせいで、つい前方不注意になり、人とぶつかってしまった女性もいたくらいである。

寒風が、そんな人々の上を過ぎていく。

枢機卿が答えた。

『ああ、知っている。ただ、私も、用事があってロンドンに来ていてね。それで、時間がある時にウエストミンスター大聖堂に寄ってもらえないかと思って電話したんだ』

「ああ、それなら」

腕時計を見おろしながら、シモンが言う。

「あまり時間は取れませんが、今から伺いますよ。近くにいるので、二十分はかからないと思います」

『それはいい』

「では、のちほど」

あっさり予定をすり合わせてしまうと、電話を切り、シモンは大通りに出てタクシーを拾った。

およそ十五分で目的地に着き、煉瓦造りの荘厳な大聖堂に足を踏み入れる。

形式に則り、入り口脇の聖水で身を清めてから、観光客のいる内陣を突っ切って祭壇のほうへと進む。

イギリス・カトリック教会の総本山であるこの大聖堂は、ローマ教皇庁が定めるローマ典礼様式でミサを行い、当然、イギリス王室の墓などない。それがあるのは、同じ名前を持つ英国国教会の大寺院のほうである。

シモンは、祭壇脇で待っていた緋色の帽子をかぶった枢機卿と合流し、軽い祈りを捧げてから、彼のあとについて関係者以外は立ち入り禁止となっている奥のスペースへと入っていく。

歩きながら枢機卿が言う。

「急に呼び出したりして、悪かったね」

「いえ」

そのまま応接室のような場所に通され、そこで振る舞われたお茶を飲みながら、すぐさま用件に入る。枢機卿ともなると、やることが多く、数分刻みで予定をこなす必要があるのだろう。

おそらく、この逢瀬のために、若干のスケジュール調整をしたに違いない。

「それで、君を呼び出した理由なんだが、以前『パヴォーネ・アンジェレッティ』という人物について、なにか心当たりがないかとメールをくれたことがあっただろう？」

「ああ、ありましたね」

シモンは、そんな名前の人物と関わり、その男の正体が悪魔である可能性に思い至ったことから、その後、念のため、あちこちに照会をかけて情報を得ようとしたのだが、めぼしい話は出てこなかった。

とはいえ、かれこれ一年くらい経っていて、なかば忘れかけていたことである。

それが、ここに来て情報が出たというのか。

興味を示したシモンが、尋ね返す。

「それが？」

「いや、これは、私も最近になって知ったことで、しかも、ヴァチカンの秘密文書を担当している同僚から密かに仕入れた話だから、正直、あまり外部には漏らさないほうがいいのだが、まあ、君の耳には入れておいてやろうかと思って」

少々回りくどい前置きをした枢機卿が、あたりを憚るように声をひそめて告げる。

「ただし、その話自体は、直接『パヴォーネ・アンジェレッティ』と関係するわけではない」

「そうなんですか？」

だとしたら、いったいなんの話であるのか。

予測がつかないまま、シモンはおとなしく枢機卿の話に耳を傾ける。

枢機卿が、「というのも」と続けた。

「覚えていると思うが、『パヴォーネ・アンジェレッティ』という人物に関する情報を問い合わせてくる以前に、君は私に悪魔祓い(エクソシズム)を受け入れている病院を手配してほしいと言ってきたことがあっただろう」

「そうですね。もちろん覚えていますよ」

というより、ユウリがこの世界に戻ってきた時に関わることになった事件であれば、忘れようにも忘れられない。しかも、被害に遭った女性――ミリアム・ランジェは、ユウリを助けるために騒動に巻き込まれたようなものであるため、シモンもかなり手を尽くして彼女を救った。

その一端が、彼への連絡だったのだ。

枢機卿が続ける。

「実は、あの件とほぼ重なる時期に、フランスで一人の女性が亡くなっているのだが、それが『アザゼル』という悪魔を召喚した魔女だったのだよ」

「魔女……」

呟いたシモンが、「その魔女は」と問う。

「もしかして、『サーシャ・エイムス』という名前だったのでは？」

とたん、枢機卿の目が鋭く光った。

「──やはり、君は知っていたか」

「そうですね」

うなずいたシモンは、簡単に事情を説明する。

「というのも、それこそ、その女性が、悪魔祓いを受け入れている病院を手配してもらう必要に迫られた元凶だからです」

「つまり、こちらが思っていたとおり、その二つは繋がっていたのだな」

納得した枢機卿が、「それで」と続けた。

「その情報を得たヴァチカンは、本当にアザゼルがこの世界に出現したのではないかと懸念し、しばらく極秘に調査したようなんだ」

「調査をねえ」

悪魔が関わっているような事件については、ヴァチカンも敏感にならざるをえないということだろう。ただ、それでいったら、彼らの把握しきれていない攻防が、ユウリやアシュレイのまわりではわんさと起きているわけで、そのことを知った際のヴァチカンの反応は、考えると怖いものがある。

(今が中世でなくてよかった――ということなんだろう)

思いながら、シモンが優等生なところを見せて続ける。

「ちなみに、そちらの言う『アザゼル』というのは、『レビ記』に出てくる、あのアザゼルと考えていいのですか?」

「そうだ」

うなずいた枢機卿に対し、少し考えたあとでシモンが訊く。

「ヴァチカンは、本当に悪魔の実在を信じているのでしょうか?」

「それは、なかなか難しい質問だね」

応じた枢機卿が、彼なりの見解を述べる。

「教義や象徴としてではなく、物質的な実在という意味では、表向き、信じていないことになっている。――だが、多くの『悪魔祓い師(エクソシスト)』は、信じざるをえないような体験をしているし、信じている聖職者も多い」

「そうですか」

うなずいたシモンが、「ちなみに」と問う。

「貴方は?」

その問いかけに、枢機卿はうっすら笑って誤魔化した。

「さあ。幸い、私は、まだその手のものに会ったことがないんでね。はっきりこうだとは言えない」

「なるほど」

賢明な回答だと思ったシモンは、そこで話を先に進める。

「それなら、アザゼルの調査はまだ継続中ですか？」

「いや」

頭を振りつつ否定した枢機卿が、「いちおう」と告げた。

「その後の出現は確認できず、調査はひとまず終了した。――だからこそ、今回、同僚は秘密文書室にファイリングされた資料を読むことができたんだ」

「ああ、そうですね」

納得したシモンが、「でも」と訊いた。

「その話と、『パヴォーネ・アンジェレッティ』は、どう繋がるんです？」

「残念ながら、繋がるかどうかは、正直、わからない」

肩をすくめて言った枢機卿が、「ただ」と教える。

「『パヴォーネ・アンジェレッティ』という名前は、イタリア語の意味として『孔雀天使』を連想させるものであるわけだが、中東のある宗派の人々が信仰している『孔雀天使』というのは、堕天使アザゼルのことであるため、もし、君が言っていたように、その名前の人物に悪魔的な要素があったのだとしたら、もしや、アザゼルに憑依されていたか、あるいは――」

「まさに、アザゼルそのものが変容した姿だった――？」

シモンの確認に対し、枢機卿は明言を避けたが、別れ際、「とにかく」とシモンの手を取って言った。

「君は、将来のある身なのだし、これ以上、おかしなものに関わらないように気をつけなさい」

「そうですね。用心しますよ」

苦笑交じりに応じたシモンの額の前で、立ちあがった枢機卿が十字を切りながら祝福する。

「君に神のご加護を――」

5

ベルジュ家が定宿にしているクラリッジズ。

　そこは、格式の高さではロンドンでも一、二を争い、今も貴族たちから愛され続ける老舗ホテルである。

　ラウンジで提供される伝統的なアフタヌーン・ティーは日本でも有名で、英国貴族に憧れてやってくるような旅行客は、泊まれなくても、せめて上流階級の気分だけでも味わおうと、ここでのアフタヌーン・ティーを旅程に組み込むくらいだ。

　そんな夢見心地でいる旅行客とは別に、いかにもこの場に馴染み、くつろいでいる紳士淑女たちがいる。彼らは、行きつけのブティックでの買い物帰りやなにがしかの打ち合わせ、あるいは散歩の途中などに、当たり前のようにここでお茶をし、新聞を読んでひとときを過ごすのだ。

　そして、それほど日常的ではないにしても、今や、そんな常連客の一人となりつつあるユウリは、正面の席にゆったりと座り、いとも優雅な佇まいでお茶を飲んでいるシモンに対し、会って早々、エリザベスやオスカーと連絡が取れないことを報告した。

「とにかく、オスカーからも返信がないのは変で……」

ユウリが訴えると、「たしかに」とうなずいて、シモンが認める。彼は、ここに来るまでの間、枢機卿に聞かされた話をずっと検討していたのだが、こうしてユウリから話を聞かされたあとは、目の前の問題に意識が向く。

「それは、ちょっとおかしいね」

それから、自身のスマートフォンを取り上げながら、「ちなみに」と続けた。

「ついさっき、僕のほうに入った連絡では、リズのところに送られてきたチョコレートに毒物などの混入は認められなかったそうだよ。──つまり、送り主は、彼女に危害を加えようとしたわけではないんだろう」

「そうなんだ」

その点はホッとして息を吐いたユウリが、「それなら」と言う。

「連絡が取れないのも、誰かに襲われたとか、そういう話ではないと思っていい？」

「たぶんね」

シモンが応じ、「指紋のほうも」と教える。

「包み紙などにリズ以外のものが検出されたけど、市販されているものであれば、外装に店の人の指紋がついていてもおかしくはないので、なんとも言えない。──ただ、念のため、警察に顔がきく知人に頼んで犯罪者データを調べてもらったけど、ヒットはしなかったらしい」

「それって、送り主が誰であれ、ストーカー行為や嫌がらせなどの犯罪歴がある人物ではないということだよね？」

「まあ、送り主が手袋などをしていなかったとして……だけど、うん」

条件つきで認めたシモンが、「ただ、そうなると」と付け足した。

「この件については、犯人の意図がよくわからないことになる」

「どういうこと？」

軽く首を傾げたユウリに対し、シモンが「だって」と答える。

「君の名前を騙ったということは、リズを安心させてチョコレートを食べさせるのが目的だったはずで、その場合、彼女を害するために毒を仕込むなり、中毒性のある薬物を仕込むなりしていておかしくないのに、その痕跡は認められなかった。となると、この送り主は、そもそも、なぜ君の名前を騙ったのだろう」

「言われてみれば……」

シモンの想定では、毒物などの混入という結果を経て刑事事件に発展し、犯人逮捕に繋がるという道筋だった。

それが、前提から崩れてしまったのだ。

シモンが、「もし」と言う。

「送り主が単純にリズのファンで、喜んでほしくてチョコレートを送ったのなら、自分の存在を知らしめなければ意味がない。——まあ、なんとしても彼女にチョコレートを食べてほしいけど、無名な自分が送っても不審がられるだけだから、仲のよい君の名前を騙ったと考えることはできるけど、それはそれで、少し気味の悪い話だな」

「うん、僕もそう思う」

シモンの言うように、犯人の意図はどこにあるのか。

エリザベスをどうしたいのだろう。

少なくとも、相手の意図がはっきりするまで、エリザベスの心が安らぐことはないはずだ。

そんな理不尽な状況に置かれたエリザベスの身を、ユウリが改めて案じていると、シモンが「そんな不可解な状況の中で」と人差し指をあげて疑問を呈す。

「君が言うように、オスカーからも連絡がないというのは、やっぱり気になるね」

「そうなんだよ」

認めたユウリが、ふたたび携帯電話をチェックしながら訊くともなしに言う。

「二人は、一緒にいるのかな?」

シモンが、小さく片眉をあげて訊き返す。

「それは、暗に、付き合い始めたのかもしれないと言っている?」

「ううん」

即座に否定したユウリが、スコーンに手を伸ばしながら言う。

「そうではなく、なんらかの事情ですぐには連絡を返せないでいるけど、ひとまず二人が一緒にいてくれたら安心だなって」

「なるほど」

シモンが納得する。

つまりは、ユウリがこの下級生に寄せる信頼度は、抜群に高いということである。

それを、シモンが口にした。

「まあ、オスカーは頼りになるから」

「そうなんだよ。オスカーがそばにいてくれる限り、リズは大丈夫だと思える」

断言したあとで、「あ、そうか」と、ユウリがなにごとか思いつく。

「それならそれで、オスカーにもチョコレートの件を伝えて、ひとまず注意をうながしておくべきかも？」

ことはエリザベスのプライベートに関わるので、それを勝手に第三者に話してしまっていいものかどうかは悩むところであったが、こうして躊躇（ためら）っているうちになにかあっては元も子もないし、彼らの間柄なら、この程度の情報の受け渡しは裏切り行為にはならないだろう。

エリザベスの性格を考えると、人に心配をかけまいとして自分からはむやみやたらと口にしないはずなので、ここは一つ、ユウリがでしゃばってしまおうというのだ。そのことで、お節介のそしりを受けたとしても、後悔するよりはましである。

シモンも、それに賛成してくれる。

「伝えておくのは、いいと思う。なにかあってからでは遅いし、僕たちより彼女の近くにいるオスカーだって、有事の際には、きっと、先に教えておいてほしかったとなるに決まっているから。——少なくとも、僕ならそう思う」

「だよね」

そこで、ユウリが少し長めのメールを打つ間、シモンも自分のスマートフォンでいくつか私的な返信を打ってしまう。

落ち着いたところで、シモンが提案する。

「なんであれ、あんなことがあったあとでは僕も気になってしかたないから、お茶を飲み終わったら、調査の結果を報告がてら、リズの部屋に様子を見に行ってみるかい？」

「うん。——僕も、そうお願いしようと思っていたんだ」

合意した二人は、そうと決まればということで、せっかくのお茶のひとときを、存分に楽しむことにする。確実に事件が起きているならともかく、杞憂かもしれない今は、やたらと焦ってもしかたない。

シモンが、温かい紅茶をそれぞれのカップに注ぎながら訊いた。

「で、ユウリ。君のほうは、お父さんとの旅行はどうだったんだい？」

「ああ、それ」

銀器のミルク容れに手を伸ばしながら、ユウリが答える。

「すごく楽しかったよ。——いろいろと話せたし」

「その『いろいろ』の中には、もちろん、お母さんとクリスがロンドンに戻る話も含まれているんだろうね？」

どうやら、レイモンドからベルジュ伯爵を経由し、早々にシモンにまで話が回ったらしい。

「もう、聞いたんだ？」

「うん」

「早いね」

「実は、ここに来るまでの間に電話がかかってきて知ったんだよ。——まあ、この前、君と二人でそろそろかもという話をしていたから、さほど驚きはしなかったけど」

「ああ、うん、僕も」

応じたユウリが、「それで」と話す。

「気になっているのは、アンリのことなんだ。——父が報告ついでに伝えていると思うけど、わが家としては、これまでどおり、アンリにいてもらって構わないし、僕は、むしろいてほしいくらいなんだ」

「うん。そう聞いているよ」

　応じたシモンが、「ただ」と言う。

「やはり、今までとは状況が違うし、うちのほうもいろいろあって、ロンドンにおけるベルジュ家の拠点の整備を早めようという話になっている。ちょうど、僕もその件でこっちに来ているわけだし、どうせならと思って」

「そうなんだ？」

「もちろん、整備を早めるにしても相手がいることだし、すぐにというわけにはいかないのはたしかだよ。それでも、いちおうアンリは、君のお母さんたちが戻るのと入れ替わる形で、そっちに移す予定でいる。――なんだかんだ、拠点の整備が間に合わなければ、しばらくホテル暮らしをさせてもいいし」

「え？」

　ユウリが驚いて、シモンの整った顔を見返した。

「なんで？」

「なんでって、なにが？」

「だから、間に合わなくてホテル暮らしをさせるくらいなら、準備が整うまでうちにいればいいのに」

「まあ、そうなんだけど」

肩をすくめたシモンに、「そのあたりは」とはぐらかされる。

「状況を見て、アンリ自身が決めるだろう」

「――ああ、そうか」

たしかに、それはそうだろう。

いくらユウリが望んだところで、これまでとはかなり環境が変わることを思えば、アンリがみずから静かな場所を選ぶ可能性はあるのだ。ユウリ自身、これまでとは違い、あまり勝手が許されない環境下で、ストレスが溜まらないとも限らない。

「そうだよねえ」

しみじみと思うユウリに対し、シモンが「それはそれとして」と話題を変えた。

「君のお父さんが、旅行中、君とゆっくり話がしたいとおっしゃっていたのは、そのことだけだったのかい？」

「まさか」

否定したユウリが、続ける。

「他にも、僕の将来についてとか」

「将来って、就職先の斡旋(あっせん)？」

「ううん。そこまで具体的な話ではなかったけど、お父さん、僕が将来のことで悩んでいるのを見抜いていて」

「へえ？」

意外そうに水色の目を開いたシモンが、感心する。

「それは、さすがだな。ほとんど一緒にいないし、あれほどお忙しくしていらっしゃるのに、息子のことをしっかり把握なさっている」

「それは、僕もすごいと思った」

いったい、どこで見抜くのか。

もしかしたら、執事兼管理人のエヴァンズから定期的に報告を受けているのかもしれないが、それでも、常に気に留めてくれているのが嬉しい。

そんなふうに、自分の親のことで嬉しそうにしているユウリに対し、シモンが心持ち身を乗り出して、「で」と切り出した。

「正直なところ、君、卒業後はどうするつもりなんだい？」

ユウリの将来については、シモンのほうでも、並々ならぬ関心を寄せている。

そして、このところ、ユウリが先々のことで思い悩んでいる様子であるのはわかっていたのだが、ある程度方向性が決まるまでもう少しそっとしておこうと思い、あえてシモンのほうからはあれこれ触れずにいたのだ。

だから、今の話を聞いて、若干レイモンドに先を越された感があった。

相手はユウリの父親なのだから、それも当然なのだが、やはり、シモンとしては、誰よりも早くユウリのことを把握しておきたいという子供じみた欲がある。

ユウリが、それに応えてあっさり返す。

「まだ、決めてない」

「まあ、そうなんだろうけど」

それは、見ていてわかった。

予測どおりの返事に対し、シモンは素直に感想を述べる。

「でも、だとしたら、若干遅くないかい？」

もし、大学で研究を続けるなら、そろそろなんらかのアクションを起こしていて然るべきである。

「そうなんだけど」

「お父さんは、なんて？」

「慌てなくていいって」

「呑気だね」

批判するつもりはなくても、若干口調が皮肉めいたものになったのは否めない。

それを受けて、ユウリが苦笑しつつ応じる。

「やっぱりそう思う？」

「まあね。――でも、フォーダム博士のことだから、きっと深い考えがあるんだろうな」

「深い考えねえ」

ユウリがその言葉の意味を考えるように呟いてから、「よくわからないけど」と続けた。

「父からは、悩んでいるようなら、一年くらい、なにもせずにプラプラしていてもいいと言われた」

「――それは」

シモンが、とっさに絶句する。

以前も似たような話になってはいたが、それは、ユウリが壮絶な体験をしたことで心的外傷後ストレス障害を患う可能性を踏まえてのことだったはずだ。

それが、二年半近くが過ぎた今も、同じような考えでいるのか。

もっとも、レイモンドの場合、ユウリに対する絶対的な信頼があるうえで、そんな甘えを許しているのだろう。そしておそらく、そこには、ユウリの持つ特殊な能力のことも考慮に入っているはずだ。

人とはまったく違う運命を背負っているはずの息子のことを、彼はしっかりと理解していて、この先も難なく扶養していくつもりでいるらしい。

シモンが尋ねる。

「つまり、ユウリ、君は大学に残って勉強する気はない?」

「あるよ」

　これまたあっさり認め、ユウリは説明する。

「これでも、いちおう、そのつもりでいるんだ。——というか、そもそも会社勤めをするというのが、いまいちピンと来なくて」

「それは、わかるよ」

　ユウリがあくせくと時間に追われて働いているところなど、一ミリたりとも想像できないし、それくらいなら、シモンの特別秘書として、適当にプラプラしていてほしいくらいだ。

　そして、その考えが頭に浮かんだ瞬間、シモンはレイモンドの考えを理解する。

（なるほどね、そういう意味か……）

　納得するシモンの前で、ユウリが、「ただねえ」と言う。

「勉強するにしても、このまま美術系に進むべきか、それとも、宗教社会学的な方面に進むべきかで悩んでいて」

「ああ、そういうこと」

　たしかに、イギリスの大学院は細かにコースが設定されていて、どこを目指すかによって、行き先は異なる。

　シモンが、しみじみと繰り返した。

「それにしても、宗教社会学ね」

それは、ユウリが自分の特質を、この先最大限に生かしていこうと考えている表れであり、シモンとしてはいささか複雑な心境にならざるをえない。というのも、その先にあるのは、シモンが生きる現実とは微妙にずれたところにある、人の目からは隠された世界だからだ。

だが、選ぶのはユウリであり、シモンはあくまでも見守るしかない。

「まあ」と、シモンが話をまとめる。

「そういうことなら、お父さんがいいと言っているのだし、一年くらいプラプラしながら決めてみてはどうだい？」

ユウリの呑気さを思えば、それもありかもしれなかった。しかも、それが許される環境にいるのであれば、利用しない手はない。

「そうだね」

ユウリがうなずく。

「その間に、なにかが変わるかもしれないし――」

その後、お茶を終えた彼らは、あまり遅くならないうちにエリザベスのところに行こうと、早々にホテルを出た。

6

外は冷え込んでいて、春は近いようで遠いと感じる。

灰色の空の下、長い外套姿で手袋をはめているシモンの高雅で優美な姿に見とれていたユウリは、その背後の窓に映り込んだ人影に気づいてハッとする。

慌てて振り返った先に見えたのは、これからまさに彼らが訪ねようとしていた人物だったからだ。ただし、その様子は、彼の知る彼女とは程遠い。

「――リズ⁉」

ユウリの声に応じて顔をあげたシモンが、とっさに尋ね返す。

「え、どこ？」

「あそこ」

通りの向こうを指さしながら、ユウリが説明する。

「あの、ブランドのブティックから出てきた女性」

「ああ」

認めたシモンが、すぐに疑念に満ちた声になる。

「でも、あれがリズだって？　本当に？」

シモンが訝(いぶか)るのも無理はない。

ユウリ自身、とっさにわが目を疑ったくらいである。

彼らが知っているエリザベスは、虚栄や虚飾とは程遠い、堅実で質素な生活を好む女性であったが、通りの向こうにいる彼女は、ブランド品の派手な服や靴で身を固め、それでも足りないといわんばかりに、ブランド名の入った大きな紙袋をいくつも肩からひっさげている。

とてもエリザベスの所業とは思えないが、ただ、元来の美貌に加え、そのスタイルのよさもあってか、それらの服は彼女にとてもよく似合っていた。

まさに、トップモデルの豪遊かと見まがうばかりの華やかさだ。

シモンが、ポツリと呟く。

「ナタリーをしのぐ――」

お騒がせな従兄妹を引き合いに出しての言葉に対し、遠いパリの空の下では、当のナタリー・ド・ピジョンが大きくくしゃみをしている姿があった。

ついで、「やあねえ」と、ナタリーが鼻をこすりながら想像を巡らせる。

「シモンってば、またどこかで私の悪口でも言っているのかしら……」

だが、当然そんなことは知らないまま、二人はエリザベスを目で追う。

追いながら、ユウリは手をあげて一歩を踏み出す。

「リ――」

だが、その瞬間、ユウリの目が捉えたモノ。――その毒々しさがユウリを圧倒し、とっさにそれ以上声が出なくなる。

そのうちにも、エリザベスは呼び止めたタクシーに乗り込んで走り去ってしまった。

その間、わずか数秒。

ややあって、ようやくユウリの声が戻る。

「――ズ」

もちろん、時すでに遅く、頭上に高々とあげた片手を虚しく握り込んだユウリが、残念そうに呟いた。

「……行っちゃった」

「そうだね」

「でも、たしかにリズだった」

「うん」

認めたシモンが、続ける。

「まったくリズらしくなかったけど、あれは、間違いなくリズだ。僕も保証する」

「でも、なんで、あんな恰好を？」

シモンを見あげて問いかけたユウリが、「それに」と続けた。

本来なら、今は寝る間も惜しんでロースクールに入るための準備をしているはずだ。

「勉強は？」

「わからないけど」

応じたシモンが、考え込みながら言う。

「もしかして、勉強のしすぎでキレてしまったとか？」

「つまり、ストレス発散？」

「そう。――ストレス発散で買い物をするという話は、よく聞くし」

答えたシモンが、「なんにせよ」と感想を述べる。

「元気そうでよかった」

「……ああ、うん、そうだね」

たしかに、シモンの言葉どおり、彼らが当初心配していたようなことは、彼女の身に起きていなかった。エリザベスは怪我も病気もしておらず、むしろ、元気に買い物三昧であったわけで、ひとまず安心していいだろう。

それはそうなのだが、ユウリは、しっくりきていない。

もちろん、シモンだって同じだろう。

すっかり様変わりしてしまっていたエリザベス。あれは、エリザベスのようでいて、エリザベスではない。

豪遊は、本当にストレス発散のためなのか。

しかも、ああして遊び歩いている時間があるのに、なぜ、友人たちのメールに返信をくれないのか。

疑問が尽きないうえに、ユウリは、彼の目を引いたモノのことが気になってしかたない。

（あの赤いリボン――）

エリザベスは、手首に赤いリボンを巻いていた。

上から下までブランド品で固めている中で、そこだけがオモチャめいていて、とてもアンバランスに映ったし、なにより、リボンの色が毒々しいまでの赤みを帯びてユウリの目に迫り、とっさにユウリをその場に射すくめた。

（あれは、なんだろう……）

不安げに考え込むユウリに対し、前髪を掻き上げたシモンが言う。

「だけど、そうなると、今回の件で、オスカーと彼女は、特に連動していたわけではなかったということだね」

「――連動？」

赤いリボンのことに意識が向いていたユウリが、訊き返す。

「連動って、どういう意味？」

「だからさ」

シモンが、ユウリに向き直って説明する。

「リズに連絡が取れなかったことと、いまだにオスカーと連絡がつかないことは、たまたま時期が重なっただけで、まったくの別問題ってことだよ」

「別問題？」

ハッとしたユウリが、シモンを見あげて訊き返す。

「それなら、オスカーは、なぜ、連絡をくれないんだろう？」

「さあ。今の時点ではなんとも言いがたいけど、可能性の一つとして、彼がスマホを失くしたとか壊したとか、そういう理由は考えられる」

「スマホを失くした？」

「うん。——なんといっても、現代人の多くは、スマホがないと、生活そのものが成り立たなくなるわけだから」

「ああ、そうか」

ユウリは、いまだに旧式の携帯電話を使っていて、今のところまだその心配はなかったが、まわりにはスマートフォンに全人生を委ねてしまっている人間が大勢いる。

シモンが「なんであれ」と宣言する。ただ、その口調が決してすっきりしたものでなかったのは、彼もまだ違和感を拭えずにいるからだろう。

「思わぬことからリズの無事な姿は確認できたわけで、そうなると、逆になんの連絡もしないで女性の部屋を訪ねるのは失礼にあたるだろうから、調査結果は、ひとまずメールで知らせておくことにするよ。その時に、その後のことや他に助けが必要かどうかも、さりげなく訊いておく」

「そうだね。——そのほうがいいかも」

ユウリは、エリザベスのことを案じつつも、まずはその言葉に従った。

第四章　緋(ひ)の罪業

1

翌日の午後。

シモンは改めてベルグレーヴィアを訪れ、昨日会えなかった実務担当者と整備中の拠点について話を進めた。

デイヴィッドは、なかなか話し上手な人物で、人柄もよく、自分が体験したばかりの大雪について事細かに語ってくれた。

「――というわけで。ロンドンも似たようなものだと思っていたから、戻ってきた時はびっくりしたよ。ふつうに路面が見えるから」

「ああ、そうですね。夜中に少しちらついたようですけど、こちらでは本格的に降らなかったから」

「ま、降らないに越したことはないがね」

そんな雑談を交えつつ仕事の話は手短に終えた彼らのところに、ほくほくした様子で大叔父がやってきた。

「やあやあ、シモン君」

「ああ、どうも」

「そっちの話は、終わったのかい？」

デイヴィッドと顔を見合わせたシモンが、「ええ」とうなずく。

「今日のところは」

「それなら、私の部屋で、ちょっとお茶に付き合わないか？」

「――お茶ですか？」

「うん。実は、例の件に進展があって、君、聞きたいんじゃないかと思って飛んできたんだよ」

「……ああ」

シモンが得心して応じる。

「『幽霊（ゴースト）』がどうのという話ですね？」

「そうそう」

応じた大叔父が、茶目っ気たっぷりに続ける。

「あのあと、なかなかおもしろい展開になって」

どうやら、シモンがどうのというより、大叔父が話したくてしかたないようだ。

苦笑したシモンが言う。

「それは、ぜひともお伺いしないと」

そんな彼らの背後では、デイヴィッドがニヤニヤしながら様子を窺っている。身内である彼は、すでにことの顚末を知っているのだろう。

そこで、このあと、別の会合が入っているというデイヴィッドと別れ、シモンは、仕事とはまったく関係のない四方山話を聞くために、大叔父のあとについて、彼の執務室へと入っていった。そこには、昨日より若干豪勢な軽食などが準備されていて、大叔父がシモンのために、わざわざホテルからいろいろと取り寄せておいてくれたらしいということがわかる。

つまり、シモンの返事を待つまでもなく、大叔父は最初からお茶をする気満々であったということだ。

こうなると、仕事のことでデイヴィッドの話がやけに短かったのも、大叔父からあらかじめ言い含められていた可能性が高い。それにもかかわらず、ああして雑談はきちんとしていたのだから、話し好きな家系なのだろう。

ゆったりとソファーに座ったシモンに、大叔父が勧める。

「ちょうどお腹も空いた頃だろうし、話を聞いている間、遠慮なく食べてくれ」

「ありがとうございます」

そんな会話を交わすうちにも、昨日と同じ秘書がお茶のセットをワゴンで運び込み、湯気の立つ紅茶をシモンの前に置く。

それを飲みながら、シモンは大叔父の話に耳を傾けた。

「さて、どこから話すべきか」

そう切り出した大叔父が、「まず」と言う。

「ことの発端は、父の死にあったんだ。——君は、当然、うちが最近代替わりしたことを知っているだろう？」

「もちろんです」

その際に開かれた内輪のパーティーには、シモンも両親とともに出席している。

大叔父が続けた。

「亡くなった先代は、実に昔気質な人で、あまり商売などには興味がなかったんだが、あとを継いだ私の兄は、かなり如才ない経営者としての一面を持っていて、公爵位についたとたん、一族が経営するすべての事業の見直しを図った」

「それは、なかなか大変そうですね」

「まあ、そうだな。部署によっては、今も戦々恐々としているよ」

他人事のように肩をすくめて応じた大叔父は、「ただ」と説明する。

「幸い、メイフェア一帯を受け持っているうちはそれほど大変でもなくて、お定まりの書類作成ですむ場合がほとんどだ」

つまり、代々その場所に住み、これからもその一族が住み続けるような人たちを相手にしているということだろう。そうであれば、大事なのは、経営手腕より社交性ということで、これまでとあまり変わらない。

そして、この大叔父は、人当たりのよさや人懐こさを見込まれて、その地域を任されているに違いない。

大叔父が、「とはいえ」と続けた。

「そんな呑気なことを言っていられない、いささかやっかいなエリアもあって」

「やっかいなエリア?」

優雅に首を傾げたシモンに対し、「知ってのとおり」と大叔父が言う。

「高級住宅地であるメイフェアの一画には、なぜか、そこだけお屋敷街とはとても思えないような路地が存在していて、契約者の入れ替わりも激しい。それだけに、管理するのも大変でね。そのエリアを経営するためだけに、『メイヤード・エステート』という子会社が作られたくらいだ」

「言われてみれば、思わぬところに小さな路地がありますね」

特別番外編「グラースの思い出」

アザゼル ～緋の罪業～

Azazel, Scarlet Sin,

欧州妖異譚25

篠原美季

イラスト かわい千草

アザゼル～緋の罪業～ 欧州妖異譚25

特別番外編 グラースの思い出

「ユウリ、危ない――」

　警告の声が聞こえた時には、腕をとられて引き寄せられていた。

　そんな彼らの脇を、一台の自転車が、かなりのスピードで走り抜けていく。

　通行人にはお構いなしの様子からして、どうやらかなり先を急いでいるらしい。背負っていた荷物には、食べ物専用の宅配便のロゴがでかでかと貼られている。

　それを見送ったユウリ・フォーダムは、引き寄せてくれた相手の腕の中で礼を言おうと顔をあげかけ、途中でその動きを止めた。相手の身体からほのかに立ち上った香りに、なんともいえない懐かしさを覚えたからだ。

（あれ、この香り……）

　思ったユウリは、礼を言うのも忘れて、その相手――パブリックスクール時代からの親友であるシモン・ド・ベルジュに訊く。

「シモン、もしかして、香水を変えた？」

　それに対し、意表をつかれたように水色の瞳で見おろしてきたシモンが、「うん、まあ」と体勢を立て直したユウリの腕を放しながら応じる。

「変えたと言えば変えたけど、変えていないといえば変えていない」

　どっちつかずの返答に首をかしげたユウリの鼻先を、風に乗って漂うミモザの香りがかすめた。

　南フランスの街、グラース。

　香水で有名なこの街には、今の時期、冬枯れの景色に明るい彩りを添えるミモザの花が咲き乱れる。

　週末の休みを利用して、遊びに来ていたユウリとシモンは、ベルジュ家ご用達の調香師の工房を訪ねたあと、その調香師の新作が発売されたばかりであるという老舗香水店へと向かっているところだった。

　シモンが曖昧な返答の理由を説明する。

「ま、時と場合によって使い分けているだけだけど、でも、香水のことなんて、よく気づいたね」

「ああ、うん。——なんか、懐かしさを覚えたから」

応じたユウリが、続ける。

「昔、よく、その香水をつけていなかった？」

「昔って、セント・ラファエロにいた頃？」

「うん」

「つけていたよ」

認めたあとで、「なるほどね。懐かしいと感じるか」と感慨深げに言う。

「となると、やはり、脳における嗅覚の処理領域が、脳の中で記憶を司る領域と繋がっているというのは、たしかなようだな」

「そうかもしれない」

それからしばらくして、目的地である老舗香水店で買い物を済ませた二人は、せっかく来たのだからと、併設されている博物館を覗いていくことにした。

「あ、見て、シモン。ルネ・ラリックのデザインした香水瓶があるよ」

「ああ」

著名なガラス工芸家の名前を見て驚くユウリに対し、いささか薄い反応を示したシモンが、「ラリックは」と教える。

「ちょうど、香水産業の勃興期に活躍していた工芸家だから、ドルセーやゲランなんかの香水瓶もデザインしているし、それらとは別に、個人的にもけっこう制作しているんだ」

「へえ」

「ロワールの城にも、一つや二つ、転がっているんじゃないかな」

「さすが」といえるような情報をやりとりしながら、さらに展示品を見ていると、別の区画には、文献資料に基づいて試しに調香されたという歴史的に有名な香水が並んでいた。

もちろん、すでに失われている香水であるため、本当にその香りであったかは、誰にも判断することはできないが、企画としてはなかなか面白い。

誰でも、自由に試せるようになっているため、早速ユウリは挑戦してみることにする。

器に入った小さな短冊型の紙を取って展示されている香水を吹きつけ、少し振って香りを散らしてから鼻を近づけた。

とたん、バラをベースにした、なんとも香しい匂いが立ちのぼる。

「……へえ」

ユウリは、そばに貼られた説明書きを読みながら感心した。

「クレオパトラって、こんな香りを楽しんでいたんだ」

すると、シモンが「どれ？」と言って横からスッと紙片を取り上げ、自分の鼻に近づける。

それを見あげていたユウリの背後で、その時、小さな含み笑いが聞こえた。

ふふふふふ。

同時に、さらさらと衣擦れの音がして、今しがた嗅いだばかりの香水に近い、だが明らかに異なる香りが鼻先をかすめる。

ハッとして振り返ったユウリだったが、そこには誰もいない。通行人がいなかったどころか、そのエリアにいるのは、ユウリとシモンの二人だけだったのだ。

（——え、嘘？）

驚きとともにキョロキョロしているユウリに気づき、シモンが尋ねる。

「どうかした、ユウリ？」

「……それがさ」

諦めたように顔を戻したユウリが、悩ましげに告げる。

「今、それと似た香水をつけた女性が、うしろを笑いながら通った気がしたんだ」

「え、本当に？」

目を丸くしたシモンが、「でも」と不可解そうに反論した。

「誓って言うけど、誰も通っていないよ」

「だよね」

そこで、二人して香りを放つ短冊型の紙片を見おろしたあと、煙るような漆黒の瞳を翳らせたユウリが「もしかしたら」と告げる。

「香りに懐かしさを覚えるのは、なにも、生きている人間だけとは限らないのかもしれない」

「——ああ、なるほど」

シモンも納得したところで、二人は館内の見学を終わらせ、お茶をするためにミモザの香る街中へと出ていった。

〈了〉

応じたシモンが、紅茶のカップを置きながら訊いた。

「『メイヤード・エステート』は、そのためにある会社だったんですか？」

「そうなんだよ」

そして、その会社のトップが、彼ということになるらしい。

大叔父が、「それで」と話を続けた。

「今回、経営の視覚化を図るために、過去のデータをすべて掘り起こしてパソコンに入力し直したわけなんだが、その過程で驚くような事実が判明して」

「それが、例の、取引相手の一人が『幽霊』だったというものですか？」

「そのとおり」

「具体的には、どういったお話なんです？」

おそらく賃料の取りこぼしがあったという結末であろうが、「幽霊」だけでは細かな点がわからない。

シモンの質問に対し、大叔父が「それが」と答える。

「最初に判明したのは、賃貸契約が結ばれている物件と、実際にそこにあるはずの物件の数が合っていないということだった」

「つまり、賃料がいっさい発生していない区画が存在した？」

「そういうことになるな」

あっさり肯定されるが、本当にずいぶんと呑気な話である。

それに、そもそものこととして、デジタル化するのが遅すぎる。このご時世にあって、まだ手書きの事務が存在していたとは、シモンにしてみたら、信じがたい話であった。

それでは、取りこぼしの一つも発生するだろう。

だが、若干の取りこぼしがあったところで、たとえ、それが一般人にとっては生涯獲得賃金に相当する金額であっても、マッキントッシュ・グループ全体に及ぼす影響など微々たるものであるはずだ。

イギリスの特権階級は、よほどのバカでない限り、努力せずとも左団扇で暮らせる。

大叔父が応じた。

「君の言うとおり、その区画だけ帳簿上からすっぽり抜け落ちていたんだが、むしろ驚くのはここからで、現在ある店に、賃料のことを問い合わせたところ、その場所に対する権利は、公爵家との秘密契約によって守られ、店はその契約のもとに存在しているという奇妙な回答を得たんだ」

「――秘密契約？」

「な、おかしな話だろう？」

「そうですね」

興味津々のシモンに対し、「だが、実際」と大叔父が説明する。

「相手が提示した書類には、間違いなく、ウェストロンダニア公爵家の正式な印章が押されているため、その主張は正当なものと見なさざるをえない」

「へえ」

「となると、だ」

大叔父が、人差し指を振って主張する。

「問題は、なぜ、そんな不条理な契約が結ばれたかということなんだが」

「そうですね」

おもしろそうに認めたシモンが、尋ねる。

「向こうは、なんと言っているんです？」

「それが、あちらも、当時の事情はよくわからないということだった」

「わからないって……」

若干拍子抜けしたシモンが、訊き返す。

「それで、通用するんですか？」

「まあ、契約は契約だからな」

困ったように言った大叔父が、「それで」と続けた。

「うちのほうで、これまでに歴代の先祖が残した文書類をすべてひっくり返して調べてみたんだが、わかったのは、どうやら、この話は初代ウェストロンダニア公爵にまでさかのぼるものであるということくらいだった」

「初代というと、十八世紀でしたっけ？」

「正確には、十九世紀初頭だ」

　訂正した大叔父が、「このあたりの土地は」と語り出す。

「当初、デイヴィス家のものであったのだが、その頃はただの荒れ地でしかなかったらしく、それを婚姻によってメイヤード家が受け継ぎ、開発に着手する。その後、長い年月をかけてメイフェアやベルグレーヴィアなどの高級住宅地を築き上げ、それとともにわが一族も繁栄してきた」

「なるほど」

　マッキントッシュ・メイヤード家がこれほどの勢力を持つに至った背景には、当時においては新興の貴族であったことが幸いしたのだろう。ヴィクトリア朝からその後の時代にかけては、古い体質の貴族たちは衰退し、潮流に乗った者たちが勝ち残っていった。

　シモンが尋ねる。

「それなら、問題の土地は？」

「それが、古い記録によると、メイフェアの開発中になんらかの問題が発生し、その解決のために土地の一部を『アンザス』という、名前以外はいっさい謎めいた人物に永久貸与するという秘密契約が結ばれたようなんだ」

「永久貸与？」

シモンが不思議そうに繰り返し、大叔父が「しかも」と強調する。

「無料で、だ」

「つまり、実質、その土地を渡したようなものですね」

状況を的確な言葉で言い換えたシモンが、「無料ということは」と続ける。

「なにかの代償として、その土地を引き渡したとも考えられます」

大叔父がうなずく。

「まさにそのとおりで、当時のことをよく知る先祖の一人は、その時のことを振り返り、土地に禁忌が科せられたと備忘録に書き残している」

「禁忌が科せられたねえ」

いったい、どんな事情があったというのか。

聞けば聞くほど、謎めいている。

シモンが尋ねる。

「どんな禁忌かは、わかっていないんですか？」

「さっぱり」

両手を開いて応じた大叔父が、「もっとも」と希望を残す。

「一族の資料は膨大でね。めぼしいものは拾いあげられたとはいえ、まだすべてに目を通せていろわけではない」

「ああ、それはそうでしょうね」

ベルジュ家も、なにかのきっかけで備忘録を漁り始めたら、驚くような事実が判明したりする。ただ、人の書いた文字というのはクセがあって読みにくく、また時代によって文法が異なり、読み進めるにはそれなりの労力と時間が必要だ。

ゆえに、基本、放っておかれる。

大叔父が、「もしかしたら」と続ける。

「どこかに、この件について詳しく書かれた文書が残されているのかもしれないが、今のところまだ見つかっていない。――ただ、今回の調査で、公爵位を継ぐ人間は、何人もこの秘密契約に触れてはならないという言い伝えが存在していたことがわかったんだ」

「言い伝え……ですか？」

「うん。初代以降、爵位とともに受け継がれていたようで、第二次世界大戦で亡くなった先祖が後代に伝えそこなうまでは、連綿と続いていたらしい」

「なるほど」

シモンが重々しく相槌を打ってから、「つまり」と現状を整理する。

「その秘密契約の詳細を把握し、なんらかの手段を講じて無効にできない限り、今後も問題の区画からは一銭も利益が得られないというわけですね？」

「ああ、そうだ」

　認めた大叔父が、肩をすくめて嘆く。

「バカバカしい限りだろう？」

「まあ、そうですね」

「当然、このことを知った兄はいたくご立腹でね。私に、その店か、あるいはその区画から、なんとしても利益を得るようにと言ってきたんだよ」

　当然、店側が契約を盾にしてごねるようなら、強制的に立ち退かせることも考えているのだろう。

　ただし、その場合、店側から訴えられる可能性がある。

　いったいどうすれば、穏便に解決できるのか――。

　他人事ながら考え込んでいたシモンに対し、大叔父が「とまあ」と告げた。

「それが、昨日、君が帰る前までの話で、さっきも言ったように、その後、進展があったんだよ」

「ああ、そんなようなことをおっしゃっていましたね」

　大叔父が、本日、ホクホクしながら現れたところをみると、彼を悩ませていたこの問題に解決の糸口が見つかったのだろう。

　シモンが推測する。

「店側から、一定の条件のもとで、契約解除の申し出でもあったんですか？」

「いや」

否定した大叔父は、「そうではなく」となんとも不思議そうに語り出す。

「これまたおかしな話なんだが、この不可解な秘密契約の内容を知ったうえで、なんとも酔狂なことに、現在、その区画に存在する店の店主になり代わり、時勢に見合う賃料をこちらに支払うという申し出があったんだ。——当人曰く、『影のオーナー』だそうだが」

「『影のオーナー』……？」

それは、なんとも怪しい名乗り方である。疑わしげに繰り返したシモンが、「ということは」と話を整理する。

「その『影のオーナー』なる人物は、契約上、支払う必要のない賃料を支払ってまで、その店を今までどおり存続させようとしている——ということですか？」

「そうなるな」

「なぜです？」

「知らないよ」

言下に応じて、大叔父が続ける。

「私にわかるわけがない。よっぽどその店が好きなのか。——いや、それより、あの場所に関わるなんらかの秘密を知っているのかもしれない。……ん？　だとしたら、こんなふうに簡単に申し出を受けてしまっていいものかどうか。——まあ、うちとしては、賃料さえ入れれば、文句はないわけで、いいっちゃいいんだろうけど」

後半は独り言のようにブツブツと呟いていた大叔父が、ふとシモンの存在を思い出したように顔をあげ、「コホン」と咳をしてから言う。

「ちなみに、事前にこちらで調べておいたが、その店というのは、なんともパッとしない骨董店で、あの区画の賃料に見合う収益があるとはとうてい思えない。しかも、なんだか変な噂もあるし」

「変な噂？」

「どれも眉唾な話ばかりさ」

バカバカしそうに切り捨てた大叔父は、「なんであれ」と続けた。

「絶対に利益が望めないとわかっている店であるだけに、あのような話を持ってきたのが彼でなければ、私も新手の詐欺を疑っただろう」

大叔父がその人物に寄せる信頼を知り、シモンは興味を覚えて尋ねた。

「ということは、介入してきたのは、かなり名の知られた方なんですか？」

「ああ、まあ、そうだな。名士ではないが、経済界では有名だよ。——そう言えば、その人物もセント・ラファエロの出身だと聞いたことがあるから、おそらく、君も名前くらいは知っているだろう。わが国きっての豪商『アシュレイ商会』の秘蔵っ子と言われる、コリン・アシュレイだ」

とたん、水色の目を見開いたシモンが、繰り返す。

「――アシュレイですって？」

驚くのも無理はない。

さんざん聞かされた摩訶不思議（まかふしぎ）な話の結末に、シモンが誰よりも警戒すべき人物の名前があげられたのだ。

これを運命と呼ばずに、なんと呼べばいいのか。しかも、どう考えても、シモンにとっては悪運だ。

同時に、これまで考えもしなかった可能性が、彼の中で現実味を帯びる。

「ということは……」

シモンが、話の流れから得られる当然の帰結を口にする。

「その店というのは、もしかして『ミスター・シン』の店ですか？」

「ああ、そうだが、よく知っているね」

「ええまあ。その店とは、ちょっと縁がありまして。――ちなみに、コリン・アシュレイとも、いちおう古馴染（ふるなじ）みですよ」

「やっぱり、そうか」

納得したように受けた大叔父に対し、水色の目を伏せてあれこれと考えを巡らせたシモンが、ややあって「それはそうと」と申し出る。

「唐突ではありますが、今のお話の件で、僕のほうから一つ提案が──」

2

同じ日の午後。

大学での授業を終えたユウリは、馴染みのカフェで一人、お茶をしながら虚しく携帯の画面を眺めていた。

その顔は、いつになく悩ましげだ。

(う〜ん)

オスカーからの返信が、ない。

あれから一日経ったのに——である。

本当に、どうしてしまったのか。

昨夜、ついに電話までしてみたが、あっさり留守電に切り替わってしまい、話すことはできなかった。

いったい、なにが起きているのか。

彼は、無事でいるのだろうか。

不安になったユウリは、いっそ、このまま、彼の家を訪ねてみようかと思う。

無事な姿さえ確認できたら、それで十分なのだ。

（よし、悩んでいてもしかたない。そうしよう！）

意を決し、ユウリが席を立とうとした時だ。

テーブルの上の携帯電話が着信音を響かせる。

そこに表示されていたのは――。

（オスカー！）

待ちに待っていた相手からの電話である。

そこで、携帯電話に飛びついたユウリは、その勢いのまま電話に出る。

「オスカー！」

『あ、よかった、フォーダム』

「よかったって、ずっと君からの連絡を待っていたんだ。――あ、ちょっと待って、今、カフェにいるからすぐ外に」

しゃべりながら慌てて立ちあがったユウリに対し、オスカーが電話越しに注意する。

『フォーダム、前方に気をつけて』

言われてハッとしたユウリは、ちょうど人とぶつかりそうになっていたため、すんでのところで回避する。

まさに、危機一髪。

だが、そんな忠告ができるなど、どこかで見ているのではないかと疑い、ついキョロキョロとあたりを見まわしながら告げた。

「危なかった。助かったけど、オスカー。もしかして、近くにいる？」

『いえ。――でも、慌てると、すぐに前方不注意になる人ですから』

年下のくせに大人びた口調で言い、『とにかく』と告げた。

『このまま、切らずに待っているので、落ち着いたら続きを話しましょう』

「わかった。ごめん、ちょっと待ってて」

そう言って携帯電話を切らずにトレイなどを片づけたユウリは、カフェを出たところで会話を再開する。

「――オスカー？」

『はい、聞いていますよ』

「よかった。――それで、いったいなにがあったんだい。君が返信をくれないなんて、あまり人のことを言えた義理ではないけど、さすがに心配になるよ」

『すみません。実は、いろいろあって、入院する羽目になっていたんです』

とたん、ユウリが立ち止まって驚いた。

「入院⁉」

それは、あまりにも意表をつかれたし、すごく心配になる。

「大丈夫なのかい？」

『はい。もう退院しましたから』

それを聞いて、ユウリはホッとする。電話越しの声もしっかりしているし、どうやら大事には至らなかったようである。

それでも、ユウリは詳細を尋ねた。

「病気？」

『いえ。外科入院です』

「それなら、事故かなにか？」

『そうですね』

そこで、わずかに迷うような間をおいてから、オスカーが説明する。

『一言で言うと喧嘩に巻き込まれたんですが、そこに至る原因が複雑で、ただまあ、その際にスマホをめちゃくちゃに壊されてしまって、入院中、誰とも連絡が取れなくなったんです。親だけは、病院のほうで仕事先の電話番号を調べてくれて、なんとか連絡がつきましたが、それ以外は、ホント、スマホがないと身動きが取れなくなりますね』

「そうか。大変だったね」

ユウリが、しみじみと言った。

それなら、返信がなくてもしかたない。

オスカーが、『ええ』と重々しく応じる。

『これればかりは、経験しないとわからないと思いますが、大変ですよ。――それで、とにかく退院してすぐ、親に頼んで新しいスマートフォンを買ってもらって、バックアップデータをもとに復旧し、なんとか使えるようになったところで、最初に見たメールがフォーダムからのものでした。それで、いの一番に電話したんです。――リズの話、読みました』

「そう」

答えたユウリが、「だけど」と言い返す。

「そんな状態なら、オスカーは気にしなくていいよ。僕のほうでなんとかする」

ユウリは、オスカーの身を案じて言ったのだが、それに対し、オスカーが意外なことを告げた。

『いや、ありがたいお言葉ですが、実は、そんな呑気なことを言っていられないというか、さっき、怪我(けが)の原因として、喧嘩に巻き込まれたという話をしましたが、そのきっかけを作ったのが、なんとリズでして』

「――え、どういうこと?」

『それが、言いにくいんですけど、俺、リズにあおられて喧嘩をせざるをえない状況に追い込まれたんです』

「そんな、まさか――!?」

驚くユウリに対し、オスカーが慌てて言い添える。

『あ、でも、正直、あれはリズであってリズではないというか、説明するのは本当に難しいんですが、とにかく、あれは本来のリズではなく、つまりは、リズがどこかおかしくなってしまっていて、そのことで、貴方に早急に相談したいと思っていたんです』

「もちろん、いいけど」

なかばうわの空で答えながら、ユウリは「リズがリズではない……？」と口の中で復唱する。それは、まさに、昨日、シモンと一緒にエリザベスの姿を見て感じたことそのものであったからだ。

そこで、ユウリが確認する。

「ちなみに、オスカー、なんでそう思ったわけ？」

『それは……そうだな、まず、服装ですね。彼女とは思えない、身体のラインを強調するような服を着ていて、しかも、その恰好で俺のことを誘惑してきたんです』

「――リズが誘惑？」

それは、たしかにエリザベスらしくない。

そう思いかけたユウリだったが、ふと彼女との出会いの頃を思い出し、唐突に違和感を覚えた。というのも、当時は、妖艶というより、やんちゃな女の子という印象ではあったが、たしかに彼女はユウリを誘惑してきたからだ。

（もっとも、あれは、どちらかというと、悪戯（いたずら）を仕掛けるって感じだったけど）

だが、そうであったとしても、エリザベスの本質がどうであるかは、一概に判断できるものではない気がした。

そして、それはエリザベスに限ったことではなく、そもそも、他人の本質など、簡単にわかるものではないのだろう。

考え込むユウリの耳元で、オスカーが弁明する。

『だから、誘惑といっても、彼女の名誉のために言わせてもらえば、それは彼女のようでいて彼女ではない彼女が——です』

複雑な言い方をしたオスカーが、その流れで、数日前、彼の身になにが起きたかを話してくれた。

聞き終わったところで、ユウリが言う。

「それは、本当に大変だったね。——命に別状がなくてよかった」

『そうですけど、でも、俺のことはいいんですよ』

入院までしたのに、オスカーはたいしたことないからと言い張る。

だが、ユウリが知る限り、オスカーの身体能力はとても高く、その彼が入院するほどのダメージを負ったということは、相手がよほど性質（たち）が悪かったということで、へたをすれば、命を落としていたかもしれない。

　ゾッとしたユウリが、言い募る。

「だけど、君、すぐに無茶をするし、心配だよ」

『ありがとうございます。でも、無茶については、貴方にだけは言われたくないし、本当に、俺にとって、あんな喧嘩は問題じゃないんですよ。これでも、生き残る術は知っていますから。——そうではなく、俺はリズのことがマジで心配で、そこへ持ってきて、フォーダムからこんなメールが来たとなると、本当に、彼女に今、なにが起きているのか、早急に解明すべきだと思っています』

「たしかに」

　ユウリが同意し、このタイミングで、昨日、シモンと見た光景を話して聞かせる。

　聞き終わったオスカーが、信じられないというように呟いた。

『あの倹約家のリズが、高級ブティックで買い物三昧……』

「そうなんだよ。恰好も、シモン曰く、彼のモデル張りの従兄妹をしのぐという派手さで、まあ、勝手に決めつけるべきではないのかもしれないけど、やっぱり、今のリズは、少々リズらしくないように思える」

『少々どころか、なにもかもが正反対ですよ』

「まあ、なんであれ、シモンが言うように、ただのストレス発散で一時的なものならいいんだけど、なんとなく、そうではない気がして……」

その一瞬、ユウリの脳裏に浮かんだ毒々しい色の赤いリボン――。

すると、察しのいいオスカーが、ユウリの懸念を代弁する形で口にした。

『もしかして、フォーダム。貴方、リズがなにかに操られているのではないかと思っていませんか？』

「……ああ、うん」

一瞬答えを躊躇（ためら）ったユウリが、ややあって認める。

「その可能性は、否定できない」

すると、エリザベスと身近に接したばかりのオスカーが、どこか肩の力が抜けたような口調で応じる。

『やっぱ、そうなんだ。俺、その可能性が高いと思っていて、ただ、それって単なる思い込みだけかと思って、いろいろと疑心暗鬼になっていたんですけど、他でもない貴方がそう言うなら、もう間違いない』

変なところで信頼を寄せられたユウリが、複雑そうに言い返す。

「でも、決めつけるのはまだ早いよ。――とりあえず、これから彼女に会いに行って、僕のほうで確認してみるから、君は、少し休んだほうが」

だが、みなまで言わせず、オスカーが反対の意を示す。

『一人は駄目です。俺も一緒に行きます』

「なんで。――というか、退院したばかりで、なにを言っているんだ。君はまだ安静にしていないと」

『大丈夫ですよ。それより、俺と同じ目に遭うかもしれないというのに、貴方を一人で行かせるわけにはいきません。絶対に一緒に行きますから』

「いや、でも」

『「でも」じゃなく、一人では行かせませんよ。――なんなら、今からベルジュに連絡しましょうか？』

「それはやめてほしい。――シモン、仕事と学業の両立で大変そうなんだから」

『それなら、俺でがまんしてください』

「がまんとかじゃなく、君のことを心配しているんだ」

『わかっていますけど、だったらいっそ、そばで見ていてください』

年下の青年から反論を許さない口調で言われ、小さく溜め息をついたユウリが妥協する。

「――わかったよ、オスカー。一緒に行こう」

『よかった』

ホッとしたように応じたオスカーが、意気揚々と『それなら』と宣言した。

『手遅れにならないうちに、貴方と俺でリズを救いましょう』

3

力強く宣言していたわりに、待ち合わせの場所にやってきたオスカーは満身創痍という出で立ちだった。左腕は骨折の治療中で、顔や手は切り傷だらけ、他にもあちこち紫色の痣がある。

「……オスカー」

開口一番、ユウリが挨拶もせずに悲愴な声をあげたため、オスカーは「これでも」と言い訳する。

「腫れはずいぶん引いたんですよ」

「つまり、もっとひどかったってことだよね？」

「それはまあ、入院が必要なほどには……」

しかたなくオスカーが認めると、ユウリが指を彼方に向けて忠告した。

「やっぱり、君は、今すぐ家に帰って休んでいたほうがいい」

「だから、それはもう電話で話したじゃないですか。――貴方一人を、今のリズのところへはやりません」

「そんなの」

ユウリは言い募ろうとしたが、その腕を取って、オスカーが歩き出す。

「ほら、つべこべ言わずに、行きますよ」

多少強引なところは、昔から本当に変わらない。年上であるユウリに対する遠慮と甘えと強引さが絶妙な割合で混在するオスカーは、ユウリにとって、シモンやオニールなどとはまったく違う独特な存在感を醸し出していた。

また、オスカー自身、そんなおのれの立ち位置を十分に理解していて、それを盾にシモンやオニールに対抗するから、ついつい彼らの反感を買う。

似たような関係性としては、シモンの異母弟であるアンリがあげられ、どちらも、ユウリの兄貴分的な面倒見のよさを引き出すのがとてもうまい。違いがあるとすれば、アンリのほうが、おのれの立場をわきまえている点だろう。

エリザベスの部屋の前までやってきた二人は、ドアをノックして彼女が不在であるのを確認し、そのまま建物の前で待ち伏せする。

頭上には、雨模様の空が広がっていた。

今晩あたり、本格的に雪が降るかもしれない。

寒さの中で足踏みをしながら、ユウリがオスカーを見あげて心配そうに訊く。

「オスカー。なんか、君、若干顔が赤いけど、熱でもあるんじゃなくて?」

「それは、飲んでいる薬の副作用で、微熱があるだけです」

「微熱って――」

ユウリが呆れて言い返す。

「いや、だから、オスカー。やっぱり、君は帰って寝たほうがいい」

だが、遠くに視線を据えたオスカーは、ユウリの言葉を無視し、「あ、ほら」と小さく顎をあげて告げた。

「リズが帰ってきましたよ」

「え、どこ?」

言いながらユウリがオスカーの視線を追えば、通りの向こうから近づいてくるエリザベスの姿が見えた。

本日は黒革のミニスカートとジャケットのセットアップに、胸元の大きく開いたニットセーターを合わせ、惜しげもなくさらけ出した足には、なんとも高そうなブーツを履いている。

この姿で街を闊歩し、いったいどれだけの飢えた視線を釘づけにしてきたのだろう。それこそ、隙をついて襲いかかろうと、ストーカーの一人や二人、あとをついてきていたとしてもおかしくない。

あと数歩のところまで近づいたのを見て、ユウリとオスカーが前に出る。

「リズ」

足を止めたエリザベスが、エメラルド色の瞳に警戒の色を浮かべて二人を睨む。

「オスカー……、それにユウリまで」

名前を呼んだ彼女が、続けて問う。

「こんなところで、なにをしているの？」

「もちろん、君を待っていたんだ」

「――つまり、ストーカーってこと？」

せせら笑ったエリザベスが、そのままオスカーのほうに一歩踏み出して告げる。

「もしかして、オスカー、あの時は恰好をつけてがまんしたけど、やっぱり私とヤりたくなったとか？」

「バカな」

「あら、無理しなくていいのよ」

上目遣いで見つめながら、石膏で固められた左腕に触って続ける。

「かわいそうに。私のために、こんな痛い目にあって。――ね、ご褒美に、美味しい思いをさせてあげる」

「……リズ」

言葉をなくすオスカーからつと視線を逸らし、エリザベスは、その視線をユウリにすえて誘う。

「ついでに、貴方も――」

だが、漆黒の瞳を翳らせてユウリが見ていたのは、彼女の顔ではなく、左手首に巻かれた赤いリボンで、それを知ったエリザベスは、ハッとしたように身体を引き、慌ててそのリボンを手で隠した。

まるで、知られたくなかった秘密を隠すかのように――。

同時に、エメラルド色の瞳に宿った敵愾心。

ユウリとエリザベスの間に緊張の糸が張りつめる中、オスカーがエリザベスの肩に手を置いて真摯に呼んだ。

「なあ、リズ」

ビクリとして振り仰いだエリザベスが、好戦的に訊き返す。

「――なによ?」

「本当に、どうしちまったんだ?」

「だから、なにが?」

「なにがって、心ではわかっているだろう?　今の自分は変だって。――いったい、なにがあったんだ?」

とたん、彼の手を肩から払いのけて、エリザベスが怒ったように言い返す。

「私のどこが変ですって⁉」

「すべてだよ。今の君は、全然君らしくない。それが、わからないのか⁉」

「そっちこそやめてよ、オスカー。気持ち悪い」

「──気持ち悪い？」

思わぬそしりを受けて、オスカーが呆然と言い返す。言葉の応酬を繰り返すうちに、二人の間にじわじわと亀裂が生じ始めていた。

「そうよ。気持ち悪い」

「だけど、俺は君を心配して言っているんだ。──いつものリズに戻ってほしくて」

「だから、それが気持ち悪いって言っているの！」

地団太を踏むように言い放ったエリザベスが、その一瞬、エメラルド色の瞳に悲しみと憎しみを浮かべて告げる。

「そうやって、勝手に、いい子の私を押しつけるのはやめて！」

「別に、押しつけてなんか」

「押しつけているじゃない！」

ヒステリックに応じたエリザベスが、「だいたい」と言う。

「あんたたちに、私のなにがわかるって言うの⁉」

「わかるさ、友だちなんだから」

オスカーは断言するが、その横で、ユウリが痛ましそうに漆黒の瞳を伏せた。

どうやら、彼は、オスカーとは違う思いを抱いたらしい。

そして、事実、ユウリには、この瞬間、エリザベスの本心がわずかだが透けて見えてしまっていた。

エリザベスの真実。

エリザベスの本心。

エリザベスの持つ影の部分。

それらは、必ずしもオスカーや他の者たちが彼女に対して抱いたり、まして期待したりしていたものと同じではないのだろう。

だからといって、誰にも彼女を責める権利はない。

どんな部分があろうと、エリザベスはエリザベスなのだから——。

ただ、それとは別に、やはり、ユウリはエリザベスの手首に巻かれた赤いリボンが気になってしかたない。それが、今のエリザベスを牽引し、オスカーの言うところの「リズらしくない」彼女に導こうとしている気がしてならなかった。

「もうやめて！　友だち面しないで！　なにもわかっていないくせに」

エリザベスが、疎ましそうに首を横に振る。

「わかってないだって？」

いつもは冷静なオスカーも、薬の副作用のせいか、カッとしたように声を荒らげて言い返した。

「冗談じゃない！　俺はリズを知っている！　リズは、すごくいい人間だし、人に喧嘩をさせておいて、それを笑って見ているような性格はしていない！　あんなのは悪魔や魔女の所業だし、本来のリズは、今の君とは正反対の女性だよ!!」

「へえ、そうなの？」

嘲るように応じたエリザベスが、「でも」と反論する。

「どんなにあんたが否定しようと、これも私よ。──私の欲望の一つなの」

「欲望の一つ？」

まさか、そんな答えが返ってくると思っていなかったオスカーが、若干怯んで繰り返した。

「今の君が、本当に君の一部だって言うのか？　これまで隠していただけで？」

「そうよ」

傷ついた様子のオスカーをせせら笑ったエリザベスが、自慢げに言う。

「知らなかったでしょう。──他にも、貴方の知らないことなんて、私の中にはたくさんあるのよ」

「──たとえば？」

尋ねられ、エリザベスが、「そうね、たとえば」と憎々しげに白状する。

「どんなに、みんなのことが羨ましかったか」

「羨ましい？」

「ええ。羨ましかったたし、みんなから遅れないように必死だった。――恵まれて育った貴方には、想像もできないでしょうけど」

「……そんな」

傷ついた目をしたオスカーに対し、エリザベスがその傷をえぐるように畳みかける。

「本当よ。――貴方たちはみんなお金持ちの家に生まれて、なに一つ不自由なく暮らしていけて、好きなものを好きな時に買って、たいした悩みもなく死んでいく」

指を突きつけて毒を吐いたエリザベスが、「だけど」とわが身を振り返って告げた。

「私は、そうではない。どんな時も養父母の顔色を気にして、いつもいい子にしていなければならなかったし、贅沢三昧が許されているみんなの中で、一人こそこそと倹約しなければならなかった！　それが、どんなにみじめだったか、貴方にわかる⁉」

「――それは」

たしかに、オスカーは思いもしなかった。

エリザベスは、いつも泰然としていたし、自分が養護施設出身であることに引け目などいっさい感じていない様子で楽しそうにしていた。

そんな彼女のことを、仲間たちはむしろ誇りに思っていたし、差別をした覚えもない。

しかも、あまりにも彼女が自然に振る舞っていたから、彼女の中で、彼らとの間に隔たりを感じて無理をしていたとは、想像もできなかった。

だが、考えるべきだったのかもしれない。

オスカーは、大いに反省した。それとともに、エリザベスの存在を、かつてないほど遠くに感じる。

ただ、それでも、まだ疑念は残っていた。

これは、本当にエリザベスの本心なのか。――それとも、エリザベスを変えてしまったなにかが、彼女になり代わって白状させているに過ぎないのか。

長い沈黙のあとで、すっかりわからなくなってしまったオスカーが、そろそろと腕を伸ばしながら訴えかける。

「リズ、でも、本当に――」

その腕を振り払ったエリザベスが、「あ～、うるさいわね！」と叫んだ。同時に、彼女の左手首に巻かれた赤いリボンが、パッとその毒々しさを増す。

「貴方たちには、もううんざり！」

宣言し、さらに言う。

「顔も見たくないし、いいから、これ以上私に構わないで！」

それから踵(きびす)を返し、来た道を走り去っていく。

「あ、リズ、待って——」

　反射的に追いかけようと二人一緒に踏み出すが、その時、オスカーがぐらりと身体を揺らして、その場に膝をついた。

　ユウリが、慌ててオスカーを支える。

「オスカー！」

「俺は平気です。——それより、リズを」

　だが、当たり前だが、「はいそうですか」で放り出せるものではない。

「なにが『平気』なんだ。君は、休まないと」

「でも、リズが」

「ひとまず、諦めよう」

　ユウリは、エリザベスの消え去ったほうを見つめながら応じた。

「あの様子では、今追いかけても火に油を注ぐだけかもしれないし、だとしたら、君を送ったあとで、シモンに相談して対策を考えたほうがいい。——とにかく、今は、君を病院に連れていくのが最優先事項だよ」

　その言葉どおり、しだいに歩くのもままならなくなってきたオスカーをなんとか支えて大通りまで出て、ユウリはつかまえたタクシーに乗り込む。最初からかなり無理をしていたらしく、オスカーは、すぐつらそうに座席にもたれかかる。

考えてみたら、喧嘩の後遺症として、見える部分より見えない部分――内臓へのダメージを真っ先に考えるべきだったのだ。

心配するユウリに、目をつむったまま、オスカーが訊いた。

「……フォーダムは」

「――え、なに？　どこか痛い？」

「そうではなく、フォーダムは、あれがリズの本心だと思いますか？」

どうやら、先ほどのエリザベスの告白が、彼の心をかなり傷つけたようである。

視線を落としたユウリが、ややあって答える。

「――まさか。あれは、リズの本心ではないよ」

「やっぱり、そう思いますか？」

「当たり前じゃないか」

だが、いくらユウリが否定したところで、オスカーの中に芽生えてしまった疑念を払拭（ふっしょく）することはできないだろう。そして、そうなると、エリザベスとの間にできた溝を埋めるのには、この先、けっこう時間がかかるかもしれない。

もっとも、それはオスカーとエリザベスの問題であり、ユウリが悩んだところでどうなるものでもない。

そこで、オスカーの額に手を当てたユウリは、慰めるように続けた。

「いいから、バカなことを考えるのはやめて、今は少し自分自身を休ませるんだ。——いいね？」

その言葉が届いたのかどうか。

ほどなく眠り込んだオスカーの横で流れ去る景色を見ていたユウリは、ここにはいないエリザベスのことを考えた。

オスカーにはああ言ったが、あれは、ある意味、エリザベスの本心だ。おそらく、彼女すら気づいていなかった、心の奥底に潜む闇の領域なのだろう。

誰しも、心に闇を持っている。

それは必然であって、恥ずべきことではない。

人はみんな、自分の中にある暗い部分と闘いながら生きているのだ。

むしろ、問題は、彼女の意思に反し、その闇の部分を勝手に表に引きずりだしたモノのほうである。

ユウリが思うに、この突然の変容は、なにかが、彼女の持つ光の部分と闇の部分をひっくり返してしまったために起きたことなのだろう。

そして、その原因となっているのは——。

（あの赤いリボン……）

その正体がなんであるかは、まだわからない。

誰かの怨念がついているのか。

それとも、もっと禍々しいなにかであるのか。

ただ、それがなんであれ、ユウリは、その正体を見極めて、なんとかしなければならないと思っている。少なくとも、今のエリザベスが彼女の意思に反する姿である限り、本来の彼女を取り戻すためにも、なんとかする必要があった。

4

ロンドン某所。

けたたましい音楽が鳴り響く暗いクラブのフロアを、かすかにふらつく足取りでエリザベスが歩いている。

彼女は、ユウリたちを振り切った足で、ここに来た。

結局、二人があとを追ってくることはなく、彼女は一人きりだ。その淋しさを紛らわせるために、酒を飲む。

エリザベスは、とても苦しんでいた。

二人に向かってあんなことを言うつもりなどなかったのに、気づけば、口が勝手に話していたのだ。

もう、彼らは許してくれないだろう。

追うのをやめてしまったのが、その証拠だ。

絶望の中で、彼女は思う。

オスカーの言うとおり、自分は変である。

このところ、ずっとそうだ。

本来の自分がどこかに押し込められてしまい、信じられないような言葉を放ったり、行動を取ったりする自分がいた。

今も、そうだ。

そんなつもりはないのに、弾けたように大胆な行動を取って、そのへんのつまらない男たちを誘惑している。

（……ああ、私は、どうしてしまったのだろう？）

そして、この先、どうなっていくのか。

不安と期待が、彼女の中で入り混じる。

間断なく切り替わるライト。

触れ合う肌。

大音響が、エリザベスから思考力を奪っていく。

（……もうなんでもいいわ）

心が空っぽになってしまったエリザベスは、そう思いながら歩いていく。

すべてが億劫で、生きていくのが面倒くさい。

（どうにでもなればいい）

そうして人生を投げ捨てようとしている彼女の目の先に、一人の青年が立っていた。

背はさほど高くないが、中東系の精悍な顔つきをした同い年くらいの青年だ。

目が合うと、彼はエリザベスのほうに手を差し出して、まるで運命の出会いであるかのように、彼女に微笑みかけてきた。

惹かれるようにとっさにその手を取ったエリザベスに、青年は告げた。

「やあ、エリザベス。――ようやく会えた」

なぜ、名前を知っているのか。

彼とは、どこで会ったのか。

だが、「リズ」とは呼ばす、「エリザベス」と呼んだところからして、特に親しい間柄ではないことがわかる。養護施設で育った自分にとって、「エリザベス」という名前は仰々しくて似合わないと思い、彼女は、ファーストネームで呼び合うようになった相手には、必ず「リズ」と呼ぶようにお願いしていた。

だから、彼は違う。

友人ではない。

そんなどこの誰かもわからない相手と踊り、触れ合い、すぐに安いホテルの部屋へとなだれ込む。よくわからないが、彼と一緒に行かなければいけないと、頭のどこかで誰かが言っている気がした。

それに、エリザベスは、本当にすべてがどうでもよくなっていたのだ。

いっそ、終わらせたいと――。

なにかを決定的に破壊したいような、そんな凶暴な思いすら込み上げていた。

青年と絡み合いながら部屋の中を移動し、ベッドまで行く。

だが、いざ、辿り着くと、そこにはどうしたことか別の男がいて、気づいた青年が悲鳴をあげて飛び退いた。

反動でエリザベスはベッドの上に倒れ込む。

頭がくらくらして目をつむった彼女の頭上で、青年が叫んだ。

「あんた、なんで、こんなところにいるんだ⁉」

そのまま、さらに言い募る。

「たしか、アンジャなんとかって」

男が、静かな声で答える。

「パヴォーネ・アンジェレッティだ」

（……ぱぼーね・あんじぇれってぃ？）

耳に届いた名前を頭の中で繰り返しつつ薄目を開けて見あげたエリザベスは、男の背後に大きな黒い羽のようなものが見えた気がした。

（……え、なにあれ？）

もしかしたら、部屋のカーテンがそう見えたのかもしれないが、視界がぼやけて判別はつかない。

しかも、すぐにめまいが戻ってきたので、彼女はふたたび目をつむる。

そんな彼女の上で、青年が矢継ぎ早に訊いた。

「答えろよ。なんで、ここにいる？　どうやって、入った？　いや、それ以前に、なんで僕がここにいることがわかったんだ。――チェックインしたのは、数分前だぞ⁉」

「それがどうした。私は、いたいところにいる」

「なんだ、それ」

動揺した声で言った青年が、「とにかく」と尋ねる。

「どうやって、先に入ったかって訊いているんだよ⁉」

ここが彼の自宅であるとか、予約されていた部屋とかならともかく、あくまでも行きずりに入った部屋である。

先回りするなど、とうてい不可能だ。

アンジェレッティが、茶化すように答えた。

「――ふむ。先かあとかは、微妙だな」

「なに、わけわからないことを言っている⁉」

青年が不気味そうに言うのに対し、アンジェレッティは「それより」と淡々と話題を変えた。

「残念ながら、お前に預けたものは、まだあの店の地下倉庫に移されていない。――それでは、正直、不完全だ」

「は？」

　青年が言い返す。

「そんなこと言われても、僕は知らない。僕は、言われたとおり、アレをあの店に持っていったんだ」

「だが、アレが地下倉庫にない限り、お前の望みは叶わない」

「そんな！」

　驚いたように応じた青年が、すぐに食ってかかった。

「ズルいぞ！」

「しかたあるまい。ミッションは正確に行う必要があるのに、お前のやったことは実に中途半端だったのだからな。――まったくなんともお前らしい。やることなすこと、すべてが中途半端だ」

「そんなことはない。だいたい、なにを根拠に――！」

　ついでのように人格否定された青年が反駁すると、それを退けるようにアンジェレッティが告げた。

「中途半端だろう。アラビア語もスペイン語も。せっかく学ぶ機会があっても、いい加減にやり過ごす。それは、お前だけじゃなく、両親もそうだった。中途半端にヘブライ語を学び、挙げ句の果てに息子に愚かしい名前をつけて呪った」

「呪った？」

疑わしげに応じた青年が、「バカなことを」と切り返す。

「僕の名前は、ヘブライ語で『歓び』という意味だと聞いているぞ」

「そうだが、同時に、それは悪魔の花嫁となった女の名前でもある」

「……悪魔の花嫁？」

繰り返した青年が、困惑を隠せずに言う。

「そんなわけないだろう。そんな名前を子供につける親なんているはずがない」

「まあ、知らなかったんだろうな。――でなきゃ、お前の言うとおり、息子にそんな名前はつけない。おかげで、私も無駄足を踏みそうだったよ」

「無駄足？」

「言っただろう。――私は、お前の名前に呼ばれてきたとね、ナアーマ・ベイ」

フルネームを呼ばれた青年――ベイは、首をゆるゆると振りながら心許なげに応じる。

「……わからないな。あんた、さっきからなにを言っているんだ？」

「わからなければ、わからないでいい。――所詮、お前はその程度の人間だ」

嘲りを込めて言ったアンジェレッティが、続ける。

「それより、お前が中途半端でないと主張するなら、実際に中途半端でないところをみせてもらおうか」

「――どうやって？」

「簡単だ。今すぐ、あの店に行って、預けたモノをお前の手で地下倉庫に持っていけばいい」

「僕の手で……って、まさか、あの店に不法侵入をしろと？」

「そうだ」

「でも、万が一忍び込めたとして、地下倉庫に鍵がかかっていたらどうする。持っていけないぞ」

「鍵など、探せば見つかるさ。――でなきゃ、店主から奪い取れ」

物騒なことを淡々と助言され、ベイが呆然と呟いた。

「――言っていることが、無茶苦茶だ」

「そうでもない。言ったように、その気になれば、簡単なことだよ」

応じたアンジェレッティが、瞳を異様に輝かせながら諭した。

「本能に従えば、道はおのずと開ける」

「おのずと？」

「ああ。だから、すぐに、私の言ったことを実行しろ。なんといっても、お前は、私と契約を交わした身なのだからな。――今さら、後戻りは許されない」

その一瞬。

部屋を凍りつかせるほどの冷気を発した男が、ふたたび軽やかな声になって、「まあ、それまでは」と楽しげに言う。

「この女は、私が預かろう——」

第五章　アザゼルの追放

1

夕刻。

タクシーでオスカーを病院まで送り届けたユウリは、一人になったところで、ここ最近で一番というくらい反省していた。

医者が言うには、薬の副作用だけで深刻な問題はないとのことであったが、念のため、あと一晩入院させて様子をみることになった。そのほうが、安静にしているだろうという判断でもある。

（オスカーが無茶をしがちな性格であるのはわかっていたはずなのに、倒れるまで気づかずにいたなんて――）

いくらエリザベスのことに意識が向いていたとしても、すぐそばにいたのだから、完全にユウリの失態である。

これがシモンなら、もっと早い段階で家へ帰していただろう。

（本当に、僕は優柔不断だから……）

後悔先に立たずだが、あれこれ思い悩んでいたユウリは、気合を入れ直すためにピシャリと自分の頬を叩く。

（しっかりしないと——）

そうこうするうちにも、タクシーは家の前に着き、お金を払って降りたユウリは、そこでようやく頭を切り替える。

過ぎたことはしかたない。幸い、大事には至らなかったようだし、今はできることを考えるべきだ。

そして、現在最も優先すべき問題は、エリザベスである。

ただ、優先するにしても、どう踏み出していいかがわからない。

おそらく、あの赤いリボンをどうにかする必要があるのだろうが、あれがなんなのかが理解できないと、手の打ちようもない。強引に引きはがしていいものならそうするが、そうでなければ、なにがしかの手順が必要となるだろう。

そのためには、もう少しじっくりとアレを見る必要があった。

となると、夜、もう一度、エリザベスの部屋を訪れてみるか。

（あるいは——）

途中、迎えに出てきたエヴァンズにそぞろな挨拶をし、階段をあがって自分の部屋に入ったユウリが一つの選択肢を検討しつつ、いつも自分が使っている携帯電話とは違うスマートフォンを取り上げる。そのスマートフォンは、アシュレイがユウリに連絡用として持たせているもので、彼以外の連絡先は入っていない。

つまり、これを使うということは、またアシュレイに借りが増えるということだ。

だが、このところ、アシュレイに頼ることが増えているので、できれば、手を借りずに解決したい。なにぶんにも、アシュレイというのは、博覧強記でなんにでも答えを出せるが、本質的にかなりやっかいな人間である。

特に、シモンにとって、ひどく難ありであるため、ユウリは自分云々というより、シモンのことを考えて、そうしたかった。

それに、今の状況では情報量が少なすぎて、アシュレイといえども、すぐには解決法が浮かばない可能性が高い。

（やっぱり、もう一度、リズの部屋に行ってみるか……）

悩んでいると、突如、そのスマートフォンが着信音を響かせた。

慌てたユウリは、一瞬、スマートフォンを投げ出しそうになったが、必死で摑んで電話に出る。

「──もしもし、アシュレイ？」

『へえ』

開口一番、どこか小馬鹿にした口調で言われる。

『やけに出るのが早いが、予知能力でも身につけたか？』

「まさか」

真面目に否定し、ユウリは続ける。

「本当に偶然です。……というか、ちょっと相談したいことがあって、連絡をしようかどうしようか悩んでいたんで」

『相談ね』

呆れたように応じたアシュレイが、『勘違いしているようだが』と言い返す。

『この電話は、お前の「お悩み解決コーナー」専用というわけではないからな』

「わかっています」

『どうだか』

軽くあしらったアシュレイが、『ただ』と言う。

『まあ、それならそれで、ちょうどいい。今すぐ、「ミスター・シン」の店に来い』

「え、今から？」

『そう言っただろう』

驚いたユウリが壁の時計を見れば、夕食まではまだ少し間がある時間帯であった。

そんなユウリの耳元で、アシュレイがピシャリと言い放つ。

『とにかく、可及的速やかに来い。——わかったな？』

同時に、こちらの返事も待たずに電話は切られた。

沈黙したスマートフォンをしまいつつ、ユウリは嵐のような展開を前にして、「まあ、いいんだけど」とひとりごちる。

「アシュレイの言う『可及的速やかに』って、どれくらいの速さなんだろう……？」

この前のように、パリから電話しても一時間で来てしまうような人の尺度は、よくわからない。

それでも、ユウリはここから「ミスター・シン」の店までの行き方を、頭の中で検討する。

ハムステッドからメイフェアまで、地下鉄と車とどっちが早いか。ただ、この家の車を運転していった場合、その後の行動によっては邪魔になるし、放置しておいて傷つけられても困る。

やはり、地下鉄か。

考えながら部屋を出ようとしたユウリは、扉のところでふとなにかに引かれたように背後を振り返った。

一瞬だが、誰かに呼ばれたような気がしたのだ。

（……なんだろう？）

漆黒の瞳（ひとみ）を翳（かげ）らせ、注意深く部屋の中を見まわしたユウリは、ややあって、サイドテーブルの上に筒状に丸められたものがあるのに気づき、部屋の中へ取って返した。

「……ああ、そうか。これ」

それは、壁にかかっていた梯子（はしご）の絵を額から外して丸めておいたもので、手に取りながら、ユウリは先日の出来事を思い浮かべる。

親子水いらずの旅行から戻った日――。

彼は、なにかの拍子で床に移動していたらしいこの絵の中に落ちてしまった。

その時は無事に戻れてことなきを得たが、今後、この絵を家に置いておいて、万が一にもクリスなどが吸い込まれてしまったら大変だと、対処の方法を考えていたのだ。

いちばんいいのは、どこかに預けることだが、預け先は慎重に選ぶ必要がある。

銀行の貸し金庫などでもいいが、最有力候補としては、この手の「いわくつき」のものの取り扱いに慣れている「ミスター・シン」の店だった。

ただ、それは、同時にアシュレイとの距離が今以上に縮むことであり、シモンは絶対に警戒する。

それになにより、預かり料としていくらくらい取られるのか見当もつかないため、可能かどうかもわからない。
それでも、相談するくらいなら、できるはずだ。
(どうせ、あの店に行くなら、いちおう持っていってみよう)
そこでユウリは、丸められた絵を風呂敷で包み、リュックに突っ込んでから家を出た。

2

メイフェアまでタクシーを利用したユウリは、「ミスター・シン」の店の近くまで来たところで強制的におろされてしまう。あたりに警察車両などが停(と)まっていて、それ以上先に進めなかったからだ。

「どうやら、なにかあったようですね」

支払いをするユウリにそう言った運転手は、降りていくユウリの背に向かって、「お気をつけて」と告げた。

たしかに、周辺はものものしい雰囲気に包まれていて、ユウリはなにごとかと思う。

そんな彼のそばを一台の救急車が走り去り、規制線を張る警察官と見物人との間で小競り合いが起きていた。

しかも、人だかりができているのは、「ミスター・シン」の店の近くだ。

(まさか——)

「ミスター・シン」の店でなにかあったのか。

ドキドキしながら立ち止まり、その場で少し様子を窺(うかが)うが、警察官がうろついているのは、あくまでも路上だけであるらしい。

そのことに少しホッとしながら、ユウリが店に向かって歩き出そうとすると、ふいに背後からガシッと首をロックされ、仰天する。危うく声が出そうになったが、幸い、大きな手で口を塞（ふさ）がれたので出さずにすんだ。

そんなユウリの耳元で、アシュレイの声がする。

「――こっちだ」

辛うじて振り返ったユウリが、引きずられるように歩きながら問いかける。

「アシュレイ。なにごとですか？」

「いいから、歩け」

そう言って、アシュレイがユウリを解放したので、そのあとを追いかけるように歩きながら、ユウリが尋ねる。

「……なにがあったんですか？」

それに対し、人混（ひとご）みから完全に離れたところで、アシュレイが言う。

「ミスター・シンが襲われた」

「襲われた⁉」

大声を出したユウリに対し、振り返ったアシュレイが唇に指を当てて黙るように指示する。

「いいから、聞け」

「すみません」

謝りつつ、ユウリは背後を気にして問い質す。

「だけど、ミスター・シンは大丈夫なんですか？」

「とっさに、警察より先に俺に電話をしてくるくらいだから、命に別状はないだろう。今しがた、救急車で運ばれたよ」

「じゃあ、さっきのが」

歩き出したアシュレイより少し遅れて動き出したユウリは、先ほど脇を通り過ぎていった救急車両を思い出しながら、「でも」と言う。

「無事なら、よかったです」

心底ホッとしたユウリをチラッと見おろして、アシュレイは「悪いが」と告げた。

「状況は、あまりいいとは言えない」

「そうなんですか？」

ミスター・シンが無事ならそれでいいのではないかと思うユウリに、アシュレイが意外な事実を教える。

「警察は、この件を路上強盗として捜査している。――そう見えるように、俺が細工しておいたからな」

眉をひそめたユウリが尋ねる。

「なんのために？」

「当然、警察なんぞに、店を荒らされないためだ」

断言したアシュレイは、裏手にある階段をのぼり、二階部分から「ミスター・シン」の店が入っている建物内に侵入する。

その際、鍵などなく、彼はあっさり不法な手段をとっていた。

「——えっと、アシュレイ、それって犯罪では？」

慌てるユウリに、アシュレイがピシャリと言い返す。

「人聞きの悪いことを言うな。これは、ミスター・シンの意向だ」

たぶん、意向でなくても、アシュレイは気にしないはずだが、ひとまず大義名分があったことで、ユウリは見過ごすことにした。

そこはミスター・シンの私室であるらしく、アシュレイが言うには、以前は夫人もそこで生活をともにしていたが、店の性質が性質であるだけに、過敏な夫人には精神的に悪影響があって、今は、別の場所で暮らしているという。

勝手を知った様子で歩きながら、アシュレイが「で」と説明を続ける。

「ミスター・シンの話だと、犯人の目的はこの店の地下倉庫にあるようで、襲われた際に店の鍵を奪われ、さらに地下倉庫への入り方やその鍵の在り処を言わされたそうだ。相手は目出し帽をかぶっていて誰だかわからず、さらにナイフを突きつけられていたから、しかたなく教えたそうだが、いったいなにが目的なのか、地下倉庫に入ってなにがしたいのか、さっぱりわからないと言っていた。——まあ、じいさんも少し興奮気味で、冷静な考えには至らないようだったが」

「地下倉庫……」

ユウリが呟く。

そこには、世に「いわくつき」と呼ばれる品々が封印をされて眠っているはずで、あまりふつうの人が立ち入るべき場所ではない。もっとも、入り方を訊いたということは、どんな場所であるかはわかっているのだろう。

「たしかに、犯人の目的はなんでしょうね。ここにあるものを、なんとしても手に入れたいとか？」

だとしても、こんな乱暴なことをする必要があったのかどうか。

それに、そもそも、持っていてもロクなことにならないから、ここに持ち込まれたのであり、そんなものをまた持ち出してどうしようというのだろう。

ユウリがそのことを告げると、アシュレイは「知らないが」と答えた。

「誰かを呪詛するのに、必要なのかもしれない」

「呪詛……？」

それはまた、物騒な話である。

人を呪うために、いわくつきのものを持ち出そうというのか。

だが、ある意味、理にかなっている。

黙り込んだユウリに、アシュレイが言う。

「なんであれ、お前を呼んだのは、万が一を考えてのことだ」

「万が一？」

繰り返したユウリが、顔をあげて尋ね返す。

「万が一って、どういうことです？」

「そんなの、わかるだろう。その不届き者がなにをするにせよ、心得のない人間が不用意に地下倉庫に押し入った場合、店が無事ですむとは思えない」

「ああ、なるほど」

ユウリが納得する。

禁域が侵されれば、それなりのしっぺ返しがくる。

呪詛のためにいわくつきのものを持ち出そうとしたところで、結界を破った時点で、なんらかの動きがある可能性が高い。しかも、封印されている間、積もりに積もった鬱屈が一気に解放されるわけだから、当人だけでなく、その場所もただではすまないということだ。

アシュレイが、人差し指をあげ「ただ」と希望的観測を述べた。

「ミスター・シンが言うには、こんな時のための予防策として、地下倉庫の鍵は、彼が教えた箱の中にオモチャの鍵と一緒に入っていて、素人にはなかなか探し出せないようになっているらしい。——まさに『木は森に隠せ』だ」

「たしかに」

「それで、多少の時間は稼げたのではないかと言っていたよ。——つまり、今ならまだ最小限の被害ですむ可能性が高い」

「なら、早くしないと」

「だから、俺は言っただろう。——可及的速やかに、と」

そこで、ユウリのリュックに手を伸ばし、アシュレイが「それなのに」と続けた。

「お前は、こんなものを抱えてなにをやっていたんだ」

言う間にも、丸めてリュックに突っ込んでおいた絵をスルッと抜き出され、包んでいた風呂敷を解かれてしまう。

「あ、ダメですよ、アシュレイ」

ユウリが取り戻そうとするが、アシュレイはひょいと避(よ)けて絵を開いた。

「ほお?」

露(あらわ)にされた絵を見ておもしろそうな声をあげたアシュレイが、続ける。

「こんな絵を持ち歩いて、お前はなにがしたい?」

「それは、その絵のことで、ミスター・シンに相談できたらと思ったから」

もちろん、当人が不在とわかった今は、無用の長物だ。

だが、アシュレイは少々誤解したようで、「ミスター・シンに？」と意外そうに言ってから、ユウリに視線を移した。

「お前は、俺に用があったのではなかったか？」

「あ、それは、別件です」

「別件？」

「はい。――ここ数日、いろいろとあって」

言いながら、ユウリは、不審そうな表情になったアシュレイの手から絵を取り戻そうと手を伸ばす。

と――。

その背後で、ふいに怒鳴り声のようなものが響いた。

彼らは、すでに階段をおりきり、いつもの店内へと入っている。

衝立（ついたて）の奥に見える扉から先は、ユウリはもとより、アシュレイも未知の世界で、ここまで二人が通り過ぎてきた床の上には、たくさんの鍵がばらまかれていた。どうやら、ミスター・シンの思惑どおり、犯人はなかなか扉に合う鍵を見つけることができず、イライラしたらしい。

それでも、なんとか鍵を見つけたのだろう。

いつもはぴたりと閉ざされている魔法円（マジックサークル）の描かれた黒い扉が開け放たれ、地下へと続く石段が見えていた。

怒鳴り声は、その下から響いてきたようだ。

ユウリとアシュレイが顔を見合わせ、ついで階段を覗（のぞ）き込（こ）む。

暗がりの奥に、明かりが見える。

おそらく倉庫の明かりだ。

それを見ながら、ユウリは、そこからあがってくる霊気が尋常ではないことに気づいて身体（からだ）を強張（こわば）らせる。

対照的に、なにも頓着（とんちゃく）していない様子のアシュレイは、ひとまず持っていた梯子の絵をサイドテーブルの上に置くと、恐れげもなく踏み出した。

そんなアシュレイの服を掴んで引き止め、ユウリが注意をうながす。

「——アシュレイ」

「なんだ？」

「気をつけてください」

「わかっている」

相変わらず飄々（ひょうひょう）としているアシュレイであったが、地下へと続く暗がりを見つめたままでいたユウリは、いつになく真剣な表情で改めて警告した。

「そうでしょうけど、でも、これはさすがに、かなりまずい状況という気がします――」

3

それより、少し前。

目出し帽を取って顔を露にしていたベイは、またも鍵穴に合わなかった鍵を投げ出して、怒鳴り散らした。

「これも、違う！」

先ほどから、何度目になるか。

路上でミスター・シンを襲って店に侵入すると、教えられた場所に箱はあったが、中に入っていた鍵は一つではなかった。

それどころか、ジャラジャラとたくさん入っていたのだ。

しかも、どれも似たような鍵ばかりである。

それを、こうして一つ一つ試しているが、いっこうに合う鍵が見つからない。

それで、焦っているのだ。

「これも、これも違う！」

やっても、やっても、鍵が合わない。

「クソ！　あのジジイ、僕をはめやがったな！」

怒鳴るが、今さらどうなるものでもない。

彼は、次の鍵を試しながら心の中で思う。

(だけど、僕は、どうしてしまったんだ――?)

本来、暴力は苦手なはずだ。

どちらかといえば、知性派で通してきた。

だから、しばらく行動を共にしていたマーカス・フィッシャーという仲間の短気さが理解できず、原始人とバカにしていた。

マーカス・フィッシャーは、考えるより先に手が出るようなところがあって、あまり熟考するということがなかった。それで、自分の人生を台なしにするようなことばかりしていたのだが、ベイは、そんな彼を客観的に評価しながら、おのれはまったく違う人種だと思っていた。

あんなバカなことはしないと――。

だが、最近の自分は、どうだ?

フィッシャーとなにが違うというのだろう。

そもそも、一人の女性に夢中になって勉強が手につかなくなるなど、愚かという以外に言いようがない。

以前の彼なら、考えられないことである。

それなのに、エリザベスのことが頭から離れなくなった。
彼女のことばかり考えてしまう。
彼女の顔。
彼女の髪。
瞳の色。
身体の線。
それらすべてが、完璧なのだ。
なぜ、あんな女性が存在するのか。
(そうだ、あの女が悪い!)
ベイは、エリザベスのことを考えたとたん、責任転嫁するとともに、お馴染みとなった
強烈な欲望が身のうちに湧きあがるのを感じた。
彼女が欲しい。
彼女のすべてを手に入れたい。
彼女と一分の隙もなく重なり合いたい——。
思えば思うほど、じれったくなってくる。
初めて見た時から、これだと思った。
彼女以外にない、と。

それなのに、なぜ、彼女はここにいないのか。

いや――。

いっそ、どうして、自分は彼女ではないのか⁉

彼女が欲しい。

（ああ、彼女のようになりたい――‼）

しだいにすり替わっていく思いに気づかないまま、ベイは、別の鍵を取り上げて鍵穴に差し込んだ。

とたん。

スッと。

鍵は鍵穴にはまり、回すとカチャッと音がした。

扉が開いたのだ。

そこで、ベイは、サイドテーブルの上に置いたままになっていた、例の「黒い鏡」を持って、目の前の石段をおりていった。

一段進むごとに、肌にまとわりつく空気が変わる。

冷たく侵入者を拒む空気――。

それは、喩えて言うなら、暗がりの奥に見える心霊スポットであろう。ゆえに、ふつうの感覚を持った人間なら、その空気に触れたとたん、二の足を踏んで留まる。

そして、回れ右をして、帰っていく。

だが、興奮状態にあるベイは違った。

恐れることなく階段をおりきり、そこに開けた光景に目を奪われる。

「……なんだ、ここは？」

思わず呟いたのも、無理はない。

そこは、古代の地下神殿かなにかのようにぽっかりと開けた岩の洞窟で、剝きだしの岩場の上に手作りらしい棚や箱が置いてある。そして、それぞれの場所に、古今東西、あらゆるところから来たような品々が収められていた。

パッと見に、海賊の宝の隠し場所かなにかのようだ。

ただし、あるのは金銀財宝ではない。

しばらく呆然とあたりを眺め、それから奥のほうに向かって歩きながら、ベイはおもしろそうにあたりを見まわした。

「本当に、なんなんだ、ここは――」

金銀財宝は光ってはいないが、探せば、本当のお宝がいくらでも出てきそうである。

「ここなら、もしかして、貴重な魔術書の一つも眠っているんじゃないか……？」

そう考えた彼は、手にした黒い鏡を適当な場所に置いて、そのへんのものを物色し始める。

ただ、取り上げた箱には、どれも封印のようなものが施されているため、すぐには開ける気にならない。せめて、なにかヒントのようなものはないかと、手に取った箱を眺めていると――。

「やめておいたほうがいい」

ふいに背後で声がした。

驚いて振り返ると、そこに、アンジェレッティが立っていた。足下には、エリザベスが横たわっている。

ベイが、目を丸くして問い質す。

「――あんた、なんで⁉」

同時に石段のほうを振り向き、明らかにここまで距離があるのを確認してから、もう一度問いかける。

「どうやって入ったんだ？」

「それは、お前が、入り口を持ち込んでくれたからな」

「入り口？」

意味がわからずに繰り返したベイは、男のそばにある「黒い鏡」に視線をやってから確認する。

「……まさか、その鏡が？」

だが、それは物理的にありえない。鏡を通じて好きなところに出入りできるなど、人間の所業ではないからだ。

もし、できるとしたら、それは——。

そこまで考えたベイが、恐る恐る問いかける。

「……あんた、本当に人間か？」

考えてみれば、彼とは、出会いからして変だった。あの時も、彼はいきなり暗がりから現れたのだ。

まるで、魔物かなにかのように——。

（……魔物）

改めてそのことに思い至ったベイに、アンジェレッティがおもしろそうに言う。

「まあ、好きに考えるといい。それより、せっかくだから、ついでに捜しものを手伝ってもらおうか」

「捜しもの？」

「ああ。古い鎖なんだが、おそらくどこかにあるはずだ。——忌々しくも、この身を縛る鎖でね、あれさえなくなれば、私は完全に束縛から自由になれる。そうしたら、ふたたび天界に乗り込み、玉座をひっくり返すこともできようというものだ」

そんな男の言葉を、ベイは作り事のように聞いた。

明らかに、言っていることが変だからだ。

魔物だろうがなんだろうが、今は人の姿をしている。それなのに、天界だとか、玉座だとか、頭がおかしいとしか言いようがない。

そこで、ベイが言い返す。

「あんた、なにを言っているんだ。バカバカしい。──それより、こっちは、人を傷つけてまで約束を果たしたんだ。とっとと、エリザベスを僕に渡せ！」

それに対し、一度エリザベスを見おろしたアンジェレッティが訊く。

「構わないが、渡したところで、どうなる？」

「もちろん、僕のものにするんだ。言ったように、彼女と一つになる」

「一つに──」

応じたアンジェレッティが、「だが」と残念そうに告げた。

「いくらがんばっても、お前の望むとおりにはならないと思うがね」

「なんだと？」

「だって、そうだろう。お前の本当の望みは、彼女と一つになるのではなく、彼女になることなのだから」

「──バカな！」

思わず、ベイは大声で否定した。

ただし、動揺は否めない。

その動揺を押し隠すように、彼は声高に続ける。

「変なことを言うな。僕が、彼女になりたいだって？　笑っちゃうね。僕はれっきとした男で、変身願望はない！　――そりゃ、仮装で一度や二度、女性の姿を真似したことはあるけど、それだけだ！」

「そうなんだろうが、正直、不満足だったろう？」

そろりと。

毒を耳に流し込むように、アンジェレッティが訊いた。

「不満足？」

「その時の女装姿が、だよ。とうてい、お前の理想とするところには及ばなかったはずだ」

「なにを――」

否定しようとするベイを無視して、アンジェレッティが畳みかける。

「だから、お前は女装するのをやめたんだろう。自分では、どうがんばっても、理想の女性にはなれないと知ったから。――まあ、正解だな」

ベイが絶句する。

まるで、その時の彼の胸の内を知っているかのように、ズバリと言い当てられてしまったからだ。

彼の言うとおり、ベイは、自分の女装した姿を見てすごく嫌な気持ちになった。アンジェレッティの言うところの、「不満足」だ。

それで、翌年はメイクなどを女友だちに教わって理想に近づけようとしたが、まったくかなわなかった。

彼の精悍（せいかん）な顔立ちは、どこまでも男の顔だったのだ。

言葉を失く（な）してわななくベイに、アンジェレッティがさらにひどい言葉を叩きつける。

「悪いが、私もお前では不満足だ」

「……なんだと？」

いったいどういうことなのか。

なぜ、アンジェレッティに、そんなことを言われなければならないのか。

訝る（いぶか）彼に、アンジェレッティが説明する。

「前にも言ったように、お前は、その名によって私の花嫁たる資格を持つが、こちらとしては、とうてい受け入れがたい」

とたん。

カッと。

ベイの顔が、屈辱で赤く染まる。

別にアンジェレッティの花嫁になりたいとは思わなかったが、かといって、資格なしと決めつけられるのは、彼のプライドが許さない。

そんなベイに対し、アンジェレッティがかたわらのエリザベスを顎で示して告げた。

「その点、この女は完璧だ。私の目から見ても、十分鑑賞に値する。だから、私は決めたのだよ」

「決めた？」

「この女を、私の花嫁として魔界に連れていく」

「バカな！」

ベイが、無意識のうちに「魔界」という言葉を鵜呑みにしたまま、とっさに文句を言った。

「ズルいぞ。彼女は僕にくれると言ったはずだ！」

「だが、この赤いリボンは、私への貢ぎ物につけられるものだからな。残念ながら、返すつもりはない」

「――赤いリボン？」

言われて、ベイはエリザベスに視線を移した。

すると、彼女の左手首に巻かれたリボンが、赤々と燃えあがって目に飛び込んでくる。

それは、最初にアンジェレッティが彼に渡し、彼女に持たせるように言ったもので、彼はそれを忠実に実行した。

だが、すでに、そこから間違っていたのだ。その赤いリボンは、アンジェレッティの所有物であることを示す印に過ぎなかった。

詐欺めいたからくりに気づいて、ベイが憤怒の表情になる。

「――てことは、あんた、最初っから、そのつもりだったのか。エリザベスを僕に渡す気などなかった⁉」

「まあ、そういうことだ」

アンジェレッティが認めた、その時だ。

この場の空気を変えるように、第三者の声が割って入った。

「なるほどねえ」

「つまり、エリザベス・グリーンは、あらゆる罪業を背負って荒れ地に放たれた生贄の山羊となったわけか。――そして、あんたは」

そこで物陰から姿を現したアシュレイが、まっすぐにアンジェレッティを指さして告げた。

「荒野の主であり、かつまた山羊の守護者である砂漠の悪霊アザゼルってわけだ」

4

突然のアシュレイの登場に、アンジェレッティとベイが、同時に彼のほうを見た。

先に反応したのは、彼と面識のあったベイである。

「──あんた、コリン・アシュレイじゃないか！」

驚いたあとで、当然の疑問を口にする。

「なんで、ここにいる？」

だが、アシュレイが答えるより前に、彼の背後から飛び出したユウリが、エリザベスを見つけて叫んだ。

「リズ！」

そのまま、危険も顧みずに走り寄ろうとしたが、すんでのところで、アシュレイに首根っこを摑まれ引き戻された。

「待て、ユウリ」

「放してください、アシュレイ、リズが──」

「わかっている」

応じたアシュレイが、青灰色の瞳を光らせて告げる。

「ちなみに、お前が言っていた相談したいことというのは、アレだな？」

「そうです。――リズが、最近おかしくて。その原因が、あの赤いリボンにある気がしたから、それを相談しようかと」

「だろうな」

皮肉げに笑ったアシュレイが、「だが」と続けた。

「今は待て」

「でも――」

「いいから」

そこで、アシュレイはユウリからアンジェレッティ――もといアザゼルのほうに視線を戻し、この場の状況を的確に語る。

「言ったように、あれは贖罪の山羊につけられるといわれる印だろう。――つまり、それを身につけたことで、エリザベス・グリーンはあらゆる罪業を背負ってアザゼルへの貢ぎ物にされたわけだな？」

「そのとおりだよ」

「となると、取り返すのは、至難の業だな」

アザゼルと視線を合わせたまま堂々としているアシュレイが、「少なくとも」と付け足した。

「彼女自身が望まない限り――」

「よくわかっているじゃないか。だから、いつまでもつまらないことを言ってないで、私に手を貸すんだ、人間ども」

アザゼルに言われるが、それで納得するユウリではない。

「冗談じゃない！」

叫んで一歩を踏み出そうとしたが、その時、大きな箱の一つがふわりと持ち上がり、ユウリの上に急速に落下した。

「――ユウリ！」

ドシン、ガシャッ。

警告の声に続いて、派手にものが壊れる音が響く。

すんでのところでアシュレイがユウリを引き寄せたため、ことなきを得たが、一瞬でも遅ければ、ユウリは下敷きになっていただろう。

明らかに、狙って落とされたのだ。

ゴクリと息をのんでからユウリが顔をあげると、彼らの前でしだいに魔物の本性を現し始めたアザゼルが、だんだんと地の底から響くような低い声に変貌しつつ告げた。

「まったくごちゃごちゃと……うるさい人間どもよ。悪いが、どいつもこいつもいっこうに吾(われ)に協力する気がないようなのでね、こっちはこっちで勝手に捜しものをさせてもらうことにする」


正体がばらされた今、体裁を取り繕う必要がなくなったのだろう。

その顔は歪(ゆが)み、そこはかとない悪意がみなぎっていく。

それまで、見た目だけは、どちらかといえば品のよい紳士だったのが、その面影はもうどこにも残っていなかった。

毛深さの増した肌に、血走って爛々(らんらん)と光る瞳。

さらに、背後に伸びた彼の影には大きな翼が生えている。

荒野の主アザゼルの顕現だ。

「うわあああああああ！」

遅れて振り返り、その姿を見てしまったベイが、悲鳴をあげて卒倒した。

それも当然で、ユウリはすでにかなり前から感知していたが、この空間は、今や魔界の禍々(まがまが)しさとおどろおどろしさに満ち満ちていて、ふつうの人の神経では、とても耐えられないものになっていたからだ。

そんなベイを気にすることなく、アザゼルが血走った目を別の箱に向けた。

とたん、その箱が持ち上がり、落下する。

ガシャン。

グシャ。

ガッシャーン。

同じように次々と封印された箱が壊されていく。

同時に、ユウリは、飛び散った破片から、黒い瘴気のようなものが立ちのぼるのを目にした。

（まずい……）

ユウリは、思う。

アザゼルの放つ魔界の気に加え、封印を解かれたモノたちの瘴気が充満したら、この場所そのものが破壊されかねない。

物理的に壊れるだけならまだしも、異空間への穴でも開いたら最悪だ。

慌てるユウリの横で、アシュレイがアザゼルに対し冷静に告げた。

「まあ、待て。山羊の番人」

「守護者」から引き下げるように呼び替えて、アシュレイは続ける。

「そう焦らずとも、俺と取り引きしようじゃないか」

「**取引だと？**」

この期に及んでいっこうに恐れをなさないアシュレイを見て、相手は少々興味を示したようである。

その証拠に、彼の破壊活動は一時停止した。

「お前、吾の正体を知ったうえで、言っているんだろうな？」

「もちろん。俺が明かしたんだからな。わかっているさ」

「それなら、吾とどんな取引をしようという気だ？」

乗り気になった相手に、アシュレイが言う。

「お前は捜しものをしていて、俺はそれがどこにあるか、すでに見当がついている」

「見当がついているだと？」

「そうだよ」

はったりなのか、真実なのか。

アシュレイなら、見当がついていてもおかしくはないが、わからない。

隣で息をのむユウリは、アシュレイの真意を測りながら、それでもわずかにエリザベスの方へ移動し始めた。

だが、アザゼルは、アシュレイに注意がいっているため、気がつかない。

そろり、そろりと。

ユウリは動く。

その間も、アザゼルとアシュレイの駆け引きは続く。

「それなら、お前は、どこにあると考えているんだ？」

「そんなの、教えてしまったら取引にならないだろう。だから、その場所を教える代わりに、その女を返してもらいたい」

アザゼルが、バカにしたように言い返す。

「はッ。——誰がそんな愚かなことをすると思う。時間はかかってもいつかは見つかるものと、この稀有な女を交換しろと？」

「そうだ」

「イヤなこった」

あっさり拒否し、ふたたび破壊活動に移ろうとしたアザゼルに、アシュレイが告げる。

「だったら、好きにするといいが、ただ、そんな悠長なことをしていて、本当にいいのかねえ？」

「――なに？」

アザゼルが振り返り、胡乱な視線をアシュレイに向ける。

「どういう意味だ？」

「まあ、親切心で教えといてやるが、俺はここにくる前に魔法円を描いて天使を呼び出し、お前のことを報告しておいた。呼び出しに応じた天使は、ことがことであるだけに、一度この件を天界に持ち帰って協議すると言って慌てて戻っていったが、……そうだな、そろそろ、その結果を携えて降りてくる頃だろう。──そうなったら、お前はどうなるか？」

「そんなのは、ハッタリだな。今のご時世、あいつらのことは、そう簡単に呼び出せないはずだ」

両手を翻してあざ笑ったアシュレイが、「だが」と続けた。

「そう思うなら、もう止めない。捜しものに、存分に時間をかけるといい」

「よく考えろ。俺は、かなりいい取引を持ちかけたつもりだ。──なんといっても、鎖を破壊して自由を得れば、そんな女の一人や二人、いくらでも魔界に連れていける。だとしたら、俺の言葉を疑う前にさっさと取り引きして、自由を手にしてしまったほうがてっとり早いとは思わないか？」

さらに、最後の一押しとして、アシュレイは忠告する。

「わかっていると思うが、これは、俺にとってもお前にとっても、賭けだ。お前が鎖を自力で見つければ、女も自由も手に入るが、天使の軍団が降りてくれば、お前は自由も女も手に入らない。だが、今ここで取引に応じれば、双方ともどちらか一つが手に入るってわけだ」

「ううむ」

アザゼルが唸る。

本物の悪魔を相手に、ここまで堂々と渡り合えるのは、世界中を探してもアシュレイくらいのものだろう。しかも、取引内容は、完全なハッタリだ。それは、ここまで一緒だったユウリが知っている。

呆れつつも、ユウリは徐々にエリザベスに近づいていた。なにがあっても、彼女を魔界になどやるわけにはいかない。まだ方策があるわけではなかったが、せめて、手の届くところにいたい。

（あと、少し）

焦りつつも、慎重に動くユウリ。

と――。

ついに、アザゼルが取引に応じた。

「本当に、鎖のある場所がわかるのか？」

「当然だろう」

ユウリが、エリザベスのもとに辿(たど)り着(つ)くのを目の端で確認しつつ、アシュレイは片手をあげてある場所を指し示した。

「アザゼルを縛る鎖は、その名に『縛る』という意味を併せ持つ大天使ラファエルが所持すると、相場は決まっているからな」

宣言するアシュレイの人差し指が向けられた先には、入り口近くに据えられた天使の彫像があった。

羽を広げ、慈愛の表情で下を見おろす彫像だ。

そこをめがけて疾風のごとく動いたアザゼルが、目にもとまらぬ速さで天使の彫像を持ち上げ、床に叩きつけた。

轟音とともに、像が割れる。

同時に、あたりが白い閃光(せんこう)に包まれた。

アシュレイとアザゼル。

さらに、エリザベスに手を伸ばしかけていたユウリも、とっさに腕で顔を覆ってその閃光から目を守る。

と――。

誰もが目を覆った、その時。

閃光の奥から、なぜかシモンの声がした。

「ユウリ――――！」

5

なぜ、シモンがここにいるのか。

そうなるに至った経緯は、こうである。

大叔父と話したあと、その内容をユウリに話すべきか迷いつつ、夕食を一緒にできるかどうかの確認をするため、シモンはフォーダム邸に電話を入れた。ユウリに直接かけなかったのは、かけたところで出てくれる可能性は低いと知っているからだ。

ところが、意外にも、応対に出たエヴァンズは、ユウリが夕食をキャンセルして出かけたと告げた。

(出かけた……?)

こんな時間に、いったいどこに行ったのか。

そこで、念のため、アンリに連絡して状況を確認すると、驚くべきことがわかった。

というのも、ユウリが大事にしていた梯子の絵——それは、シモンとアンリにとってもかなり重要な意味を持つものであるのだが、その絵に若干のトラブルが発生したので、ミスター・シンのところに相談に行ったというのである。

その時の会話は、おおむねこんな感じであった。

「相談って、どんな？」

シモンの質問に、アンリが答える。

『ごめん、具体的なことはわからない』

「わからない？」

『そう。なにぶんにも、今日は、午後の授業が急遽休講になったこともあって、僕は久々に遠出をして、帰ったのがユウリよりも遅かったんだ。それで、ほぼ入れ替わる形で、すれ違いざまに聞いただけだから』

「なるほど」

応じたシモンが訊き返す。

「それなら、それが、どんなトラブルかも聞いていないんだね？」

『うん。なにも言っていなかった。むしろ、僕も寝耳に水』

「そうか」

もちろん、アンリにはアンリの生活があり、四六時中ユウリの行動を監視できるわけではないし、そんなことは、シモンもユウリも望んでいない。

だから、わからなくてもしかたなく、シモンは、そのまま異母弟との電話を終えた。

だが、当然嫌な予感がした。

（このタイミングで、「ミスター・シン」の店……？）

もちろん、ユウリが、大叔父から聞いたような話を知っているとは思わないし、アシュレイも、彼の性格からして、まだ確定していない話をすることはないだろう。

もしかしたら、ユウリは本当にちょっと絵の相談に行っただけなのかもしれないが、それならそれで、相談の内容も気になるし、結局、それ以上悩むことなく、シモンはその足で「ミスター・シン」の店に行ってみることにした。

うまくすれば、ユウリをつかまえて一緒に食事もできる。

だが、店の近くまで来たら、あたりが騒然としていて驚いた。

いったいなにごとが起きたのか。

思いながらあたりを見まわしていると、なんとも運がいいことに、遠くにユウリとアシュレイの姿が見えたのだ。

（なんで、アシュレイが一緒なんだ？）

そのことに、まずは仰天させられ、ついで若干落ち込んだが、よく考えれば、ここはアシュレイのテリトリーであり、いてもさほど変ではない。おかしいとしたら、それは「ミスター・シン」の店に正面から入らず、裏手に消えたことのほうである。

それに加えて、この騒ぎだ。

シモンには、この時点ではっきりしたことはまったくわからなかったが、状況から鑑みて、「ミスター・シン」の店でなにかトラブルがあった可能性は大きく、彼は躊躇うことなく二人のあとを追った。

裏手には階段があり、のぼると二階の部屋のドアがわずかに開いている。

その一瞬、「不法侵入」という言葉が頭をよぎり、良識のあるシモンはさすがに躊躇ったが、結局、意を決して中に入り、ユウリたちが通ったと思われる道筋を追うように階下へとおりていく。

(……ああ、なるほどね)

歩きながら、シモンは納得する。

(内部は、こういうふうに繋がっていたのか)

屋内の造りを把握しつつ、だとしたら、通ってきた部屋はミスター・シンの私室であるのだろうと見当をつけ、さらに、床に散乱する鍵に首を傾げつつ、その奥に見える扉へと向かう。

当然、シモンにとっても、そこは未知の領域だ。

行く先に待っているのは、世に「いわくつき」と呼ばれる品々であり、あまりふつうの人間が立ち入るべき場所でないのは、覚悟の上だ。

石段をおりようとしたシモンは、手前のサイドテーブルの上に、丸まった絵のようなものと風呂敷があるのを目にした。

(……これって)

風呂敷という、ヨーロッパではあまり見かけないものの存在から、直感的にユウリが持ち込んだものだと思いつつも、今は、石段の下から漂う異様な気配と、さらにそこから聞こえてくる人間の声と、人間にあるまじき声の応酬に意識が向く。

石段をおりながら、シモンは耳を澄ました。

人間の声は、間違いなくアシュレイだ。

ただし、相手の声はわからない。

わからないが、人間でないのはたしかで、二人のやり取りの中に「山羊の番人」という単語が混じったのは辛うじて聞き取れた。

(……山羊の番人?)

となると、アシュレイが相手にしているのは、聖書にもその名前が出てくるアザゼルである可能性が高い。

続く会話から考えても、それは間違いなさそうである。

だが、だとすると——。

(ここにきて、またアザゼルか)

悩ましく思いつつ、シモンは思考を巡らせる。

その名は、昨日聞いたばかりだ。

例の遠縁の枢機卿(すうききょう)に呼び出され、彼らが関(かか)わった事件と時を同じくして、アザゼルを召喚した魔女が死んだという、あの話である。そして、当時彼らが関わっていた事件というのは、ユウリが二ヵ月間の失踪から戻った直後のもので、画家志望のミリアム・ランジェが狙われた。

シモンが、澄んだ水色の瞳を伏せて思う。

（でも、考えてみれば……）

ミリアムは、まさに、ユウリに梯子の絵を贈った人物である。

そして、ユウリは、今回、その梯子の絵にトラブルがあったからと言って、ここに相談にきたのだ。

その話が真実だとして、今ここにアザゼルがいるということは——。

（まさか、この二つは連動している？）

それは、当のユウリすら思い至っていない連想であったが、シモンがそのことを疑いながら地下倉庫を覗き見れば、アシュレイと、アシュレイと対峙する男と、その背後を慎重に移動するユウリの姿があった。

アシュレイと対峙する男は、もちろん、ふつうではない。

そして、ユウリは、そのふつうではない男の背後へと移動しているのだ。

なぜ、そんな危険をあえて冒すのか。

（ユウリ、いったいなにを——）

焦る気持ちで思うが、その理由はすぐにわかった。

エリザベスだ。

どうしたわけか、そこに意識のなさそうなエリザベスがいる。

当然、ユウリは彼女を助けようとしているのだ。

だが、いくらアシュレイが気を逸らせているとはいえ、あんなモノに近づくなど危険極まりない行為である。

(止めないと——)

そう思って飛び出そうとしたシモンの耳に、その時、鳥の羽ばたきのような音が聞こえた。

しかも、かなり重い羽音だ。

バサ。

バサ。

なにごとかと思ってとっさに見まわしても、窓があるわけではなく、そんな羽音が聞こえるはずもなかった。

(空耳……?)

そう思って気にしないようにしたが、すぐにふたたびバサ、バサ、と音がした。

それはまるで、入りたいのに窓が閉まっていて入れない鳥が、窓の前で必死に羽ばたきをしているような音である。

　バサ。

　バサ。

（いったい、どこから……）

　考えたシモンは、次の瞬間ハッとし、来たほうを振り返った。

（あれか――）

　シモンが見当をつけたのは、サイドテーブルの上に置いてあった丸まった絵である。

　もし、あれがユウリの持ち込んだ絵であるなら、そこに本物の天使が来ていてもおかしくない。実際、あの絵を通って、一度天使が降りてきたことがあるのを、シモンは知っている。

　そして、その考えが見当違いでなかったことは、急いで石段を駆けあがったシモンの目の前で、その絵が、風もないのに右に左に揺れていたことで証明された。

　とっさにそれを摑んでふたたび石段を駆け下りたシモンの耳に、アシュレイが高らかに宣言する声が聞こえた。

「アザゼルを縛る鎖は、その名に『縛る』という意味を併せ持つ大天使ラファエルが所持すると、相場は決まっているからな」

　その声を聞きながら、シモンは、ほとんど本能的に手にした絵を開きながら地下倉庫へと飛び込んだ。

とたん。

すぐそばに天使の彫像が落ちてきて、轟音とともに粉々に割れた。

だが、そのことに驚く間もなく、手にした絵がズシンと重みを帯び、同時にシモンは荘厳な呟きを耳にする。


「――まったく、月の王殿(メネラウス)はツメが甘くて、ヒヤヒヤものだ」


次の瞬間。

閃光があたりを埋め尽くした。

シモンは、まぶしさに目をつむろうとしたが、その一瞬、ユウリの背後に大きな黒い亀裂(きれつ)が入るのを目にして叫んだ。

「ユウリ――！」

だが、なんとか声は出たものの、彼の身体は、絵の中から何かが飛び出した反動で背後に飛ばされ、壁に叩きつけられていた。

衝撃で頭がくらくらしているシモンの耳に、何者かが放つ大音声が聞こえる。

『孔雀天使』を騙る砂漠の悪鬼よ。この時を待っていたぞ。――何度、この世に漂い出ようと、そなたの居場所はデュダルの深淵のみ。私がいくどでもこうしてお前を縛り、元いた場所に投げ込んでやるまでだ」


明らかに、人間の声ではない。

荒野の主アザゼルに対抗する何者かの声である。

衝撃から立ち直ったシモンがよろめきながらふたたび地下倉庫の中を見ると、そこには、大きな羽を広げた天使――アシュレイの言葉を信じるなら、おそらく大天使ラファエルであろう――が、アザゼルをその足で踏みつけながら、手にした巨大な鎖で縛りあげるところであった。

苦しみながら、アザゼルが言い返す。

「お前か、憎きラファエル。――まさか、お前が人間の呼び出しに応じるとは」

それに対し、大天使ラファエルが彼の頭上で眉をひそめた。

「はて。なにを言っているのかわからないが、人間などに呼び出されるまでもなく、お前が地上に漂い出た時から、こちらは道を繋げておいたんだ。——あとは、それがうまく機能するかどうかであったが、こうしてなんとか間に合った。まあ、それが神の御心と思え」


宣言するなり、縛り上げたアザゼルを放り投げる。

その姿を視線で追ったシモンは、向かう先に、少し前に目にした深淵が開けているのを見て、すぐさまそちらに向かって走り出す。

まだ少し頭はくらくらしたが、その場にはユウリがいて、深淵に引きずり込まれそうになっているエリザベスを必死で止めようとしていたからだ。

そんなユウリのそばには、倒れかかる棚を支えるアシュレイがいた。

どうやら、その場を襲った衝撃波で、なぎ倒されそうになったらしい。しかも、よく見れば、アシュレイも無事というわけにはいかず、腕から血を流している。

「アシュレイ！」

「——いいから、ユウリを」

「ええ」

そこで、自力で棚を押し戻すアシュレイの脇をすり抜け、シモンはユウリの身体に手を伸ばす。

そのユウリは、深淵にのみ込まれようとしているエリザベスの身体をとらえて、なかば向こう側に身を乗り出している。

　衝撃で意識を取り戻したらしいエリザベスが、叫んでいた。

「ユウリ！　駄目よ、手を放して！　貴方まで落ちてしまう！　私はもういいの」

「よくない、リズ。諦めちゃ、ダメだ」

「いいから、放して」

「イヤだ！」

　叫び返したユウリが、必死で懇願する。

「リズ、お願いだから。君が、自分の手でそのリボンを解かない限り、僕には君を助けられない！」

「だったら、放して」

「できない。──お願いだから、リズ、希望を捨てないで」

「でも、私は欲にまみれて穢れてしまったし、貴方にもオスカーにもひどいことを言ったわ」

　首を振りながら涙を流すエリザベスが、「こんな私には」と激白する。

「もう生きていく価値なんてない！」

「そんなことないって！」

ユウリが、しだいに腕の中からずり落ちていく身体を必死で摑みながら説得する。その脇を、封印を解かれて自由になったはずの悪霊たちが、いくつも通り過ぎ、深淵にのみ込まれていった。

だが、もちろん、そんなこと、知ったことではない。

ユウリは、この瞬間、エリザベスを助けることしか頭になかった。

「ねえ、リズ。いい子で聞き分けのいいリズも好きだけど、僕が知っていたのは、やんちゃで強引なところのあるリズだし、どちらのリズも、大好きだから！」

「だけど――」

エメラルド色の瞳を揺らすエリザベスに、ユウリがさらに言った。

「いいんだよ、リズ。僕やオスカーを信じて。リズがリズである限り、なにを言われようと、どう思われようと、君を嫌いになったりしない。――それに、もし、これで僕たちの関係が崩れたとしても、そこから新たに始めれば、それでいいじゃないか」

「……新たに？」

その言葉を、とても新鮮な気持ちで受け止めたらしいエリザベスの瞳に、パッと輝きが灯(とも)る。

ここしばらくは失われていた、希望に満ちた輝きだ。

それを見て、ユウリが言う。

「そうだよ。だから、お願いだから、その赤いリボンを解いて――」

エリザベスがユウリから、自分の左手首に視線を移した。

だが、時を同じくして、二人は深淵の奥から伸びてくる黒いものを目にする。アザゼルの執念が、その触手を伸ばしてエリザベスを深淵に引き込もうとしているのだ。

それを見た瞬間、エリザベスがハッとして動きを止める。底知れぬ恐怖が、彼女の心臓を鷲掴み（わしづか）にしたのだろう。

ユウリが、叫んだ。

「リズ、負けちゃダメだ！　早く！」

その声に押されるように、エリザベスが慌ててリボンに手をかける。だが、焦るせいでなかなか解けず、何度も手が滑ってしまう。

そんなエリザベスの耳元で、凛（りん）と響くユウリの声がした。聞くだけで心をホッとさせてくれる声である。しかも、それは、これまでエリザベスが聞いたことのないくらい力強いものだった。

「火の精霊（サラマンドラ）、水の精霊（ウンディーネ）、風の精霊（シルフィード）、土の精霊（コボルト）。ならびに天の諸力に、月の王（メネラウス）が告ぐ。ただちに我に手を貸し、闇（やみ）の力を退けよ。神のしもべたるエリザベス・グリーンを、その希望を打ち砕かんとする悪の手より守りたまえ。わが友人に天のご加護を――」

ついで、請願の成就を神に祈る。

「アダ　ギボル　レオラム　アドナイ！」

とたん、バサッ、バサッと。

白い大きな羽が彼らを包み込み、そこから放たれた突風が、今まさに、エリザベスをとらえようとしていた触手を遠ざけた。

同時に、エリザベスの解き放った赤いリボンが、深淵へと吸い込まれていく。

「おのれ〜。それは、吾に捧げられた生贄……」

悔しそうな声がしたが、それが遠ざかるとともに、そこに開いた深淵も徐々に閉ざされていった。

そうして、あとには、黒い鏡のような石だけが残される。

しんと、静まり返る空間。

終わったのだ。

だが、それを喜ぶには、みんな力尽きていた。

と——。

誰もが口を閉ざす中、部屋のどこかで「うう……ん」という唸り声がする。

どうやら、ベイが目覚めたらしい。

太平楽この上ないが、ある意味、すごく幸運といえよう。

もちろん、大天使ラファエルはすでに姿を消していて、目覚めた彼が目にしたのは、グチャグチャに壊された地下倉庫の光景だけであった。

6

エリザベスを家まで無事に送り届けたユウリとシモンは、その足で、「ミスター・シン」の店に取って返した。

去り際に、アシュレイから話があると言われたのでしかたなく、だ。

とはいえ、彼らがエリザベスを送っている間、アシュレイがベイから事情を聞き出すことになっていたため、その結果にはいささか興味がある。それがなければ、なんと言われようと、シモンは絶対に戻らなかっただろう。

二人が店に着いた時、アシュレイは電話でだれかと話している最中で、他に人影はないようだった。それでも、念のため、電話を終えたアシュレイに対し、シモンは真っ先にベイのことを訊いた。

「彼は？」

「帰った」

「それなら、疲れているので単刀直入に訊きますが、ユウリの名前を騙ってリズにチョコレートを贈ったのは、彼だったと考えていいんですね？」

それに対し、チラッとユウリを見てから、アシュレイが答える。

「さあね」

「──『さあね』？」

訝しむシモンに対し、アシュレイがユウリを顎で示して応じる。

「そいつの名前を騙った云々は、俺は聞いていないし、あいつも言っていなかったが、あの女に赤いリボンを渡したのは彼で、それは、アザゼル──その時は、まだ『パヴォーネ・アンジェレッティ』と名乗っていたそうだが、彼に指示されたそうだよ」

「──パヴォーネ・アンジェレッティですか」

その名を感慨深く繰り返したシモンが、「つまり」と納得したように続ける。

「やはり、パヴォーネ・アンジェレッティの正体は、この世に漂い出たアザゼルだったとみていいわけですね？」

「『やはり』？」

アシュレイが、底光りする青灰色の瞳を不審そうにシモンに向ける。

「『やはり』というからには、それは、お前の想定内だったということか」

「そうですね」

淡々とうなずいたシモンが、「こちらはこちらで」と説明する。

「ある筋から、アザゼルについての情報を得ていましたから」

「ある筋ねえ」

それがどの筋か。

アシュレイには容易に見当がついたのだろう。その件にはそれ以上コメントすることなく、「それで」と続けた。

「そもそも、お前は、なぜここにいる？」

「それは、フォーダム邸に連絡をしたら、ユウリが、ある絵のことでミスター・シンのところに行ったと聞いたので」

とたん、今度はアシュレイが「ああ」と納得した。

「例の梯子の絵か──」

ただ、その瞬間、青灰色の瞳が妖しく光り、値踏みするようにシモンを上から下まで眺めまわした。

アシュレイの中には、一連の流れに対し、大きな疑念があったのだ。

それを、彼が口にする。

「いちおう訊くが、あの場に大天使を呼び込んだのは、お前か？」

「まさか」

言下に否定したシモンが、「あちらが」と手を翻して答える。

「勝手に来たんです。──梯子を使って」

とはいえ、降臨した際、なんとも気になることを呟いていた。

——まったく、月の王殿(メネラウス)はツメが甘くて、ヒヤヒヤものだ。

シモンは、思い返しながら考える。

「メネラウス」の意味は今のところ不明であるが、あれは、どう考えても、ユウリのことをさしている。

だが、だとすると、今回のことは、ユウリが帰還した時から決まっていて、ユウリは単にそれに沿って動いていたとも考えられる。あたかも、それがユウリに課せられたミッションであるかのように——。

ただ、天使曰(いわ)く、ツメが甘くて、危うく失敗するところであったようなので、ユウリがどこまでそれを意識していたかはわからない。もしかしたら、まったく考えずに行動していただけかもしれない。

それはそれで、なんともユウリらしいし、最終的にシモンの手助けでクリアできたのであれば、ある意味、喜ばしいことといえよう。

少なくとも、手助けしたのがアシュレイでないところがいい。

残る問題は、そんなミッションがユウリに課せられていたとして、はたして、これで終わったのかどうかであった。

シモンが思うに、天使たちの世界というのは、そう甘いものではない気もするし、なにより、天界が言うところの『メネラウス』とは、いったいなんなのか。

考え込んでいるシモンの横で、ユウリが、「それより、アシュレイ」と尋ねた。

「ミスター・シンは無事なんですか？」

「ああ、手術もすんで、今は元気に夕食を食べているそうだ」

「よかった」

ホッとするユウリに、アシュレイが「ただ」と伝える。

「年も年だし、回復には時間がかかりそうだということで、退院後も、しばらくは療養施設に入ることになるだろうと」

「……そうなんですね」

つまり、命に別状はなかったが、社会復帰するにはかなり時間がかかるということだ。

思索から戻ったシモンが、「それなら」と尋ねる。

「この店は、閉鎖ですか？」

地下倉庫の惨状を考えれば、それもやむをえまい。

ただ、その際、ミスター・シンが負うダメージがどれほどのものかは、シモンには想像すらできなかった。

とはいえ、この場所の行方に関しては、シモンとしても興味がある。

すると、アシュレイが意外なことを言い出した。

「閉鎖はしない」

「え、閉鎖しないんですか？」

「ああ」

「でも、あの惨状ですよ？」

床を指して告げたシモンだが、アシュレイは「いちおう」と教えた。

「お前たちがいない間に被害状況をじいさんに映像で知らせたら、彼は、見た目ほどひどいわけではないと言っていた」

「見た目ほどひどいわけではない？」

繰り返したシモンの口調には、「あれで？」という思いがありありと出ていた。事実、シモンの目には、破壊され尽くしたようにしか見えなかった。

それでも、理知的なシモンは、「まあ」と認める。

「専門家の目で見たらそうなのかもしれませんが、だとしても、それを管理すべき人間が不在になるわけで、なんだかんだ、存続は難しいのではありませんか？」

「一理ある」

珍しく妥協したアシュレイが、シモンからユウリに視線を移し、「そこで、だ」と続けた。

「ミスター・シンは、この際だから、自分はひとまず引退し、あとのことをお前に引き継いでもらえないかと言っているんだが、どうする、ユウリ？」

「――え？」

あまりにも突然のことでびっくりするユウリの横で、当然シモンが待ったをかける。

「ちょっと待ってください。なに、勝手なことを言っているんです？」

それを横目に見て、アシュレイがうるさそうに言い返す。

「悪いが、お前には聞いていない。毎度のこととはいえ、横から口を出すな」

「出しますよ」

このまま黙っていたら、とんでもないことになってしまう。

シモンは断固阻止しようとするが、悪魔相手に堂々と取引を持ちかけてしまえるような男は、こんな場合も実に饒舌だ。

「だが、そうは言っても、どうせ、こいつは、いまだ卒業後の進路も決まらずにおろおろしているだけだろう。――違うか？」

違わない。

大当たりである。

答えられずに視線をかわす二人を前にして、アシュレイが得意げに言う。

「ほらみろ。――だったら、暇をしている間、ここで店番をしていてもいいだろう。これだって、れっきとした人助けなんだしな」

「人助けか……」

　ユウリが、なかば説得に応じつつ言い返す。

「たしかに、おっしゃるとおりですけど、それにしたって、あまりに急で」

「そんなの」

　鼻で笑ったアシュレイが、彼らしいことを言う。

「急だからこそ、スリリングでおもしろいんだろう」

「スリリングって……」

　シモンが呆れて応じた。

「そんな適当さで、ユウリの人生を決められてもね」

「なら、どの程度の深刻さをもってすれば、決めてもいいんだ?」

「それは――」

　とっさに言葉に詰まったシモンの横で、「でも」とユウリが、こちらは若干の迷いを込めて付け足した。

「僕、経営のことなんてさっぱりわからないし……」

　その言い様は、ここで店番をすること自体は構わないと暗に言っているようなものであった。

気づいたシモンが、なにか言いたそうにユウリを見おろすが、どうしてかそれ以上説得しようとはせず、ただ澄んだ水色の瞳を細めてなにごとか考え込んだ。

ややあって、その手が胸ポケットに伸び、スマートフォンを取り出して操作し始める。

それを横目に捉えつつ、アシュレイがユウリに言う。

「安心しろ。店の経営なんてものをお前に頼むほど、俺は無謀ではない」

聞きようによっては悪口にもあたるが、ユウリは気にせず、真摯に問う。

「まあ、そうなんでしょうけど、お店を任されるということは、必然的にそういう事務的なことも関係してきますよね？」

だから、少なくとも、今の自分では安易に引き受けられない。

そう考えるユウリに対し、アシュレイが「いや」と彼の計画を告げた。

「そうではなく、お前は、ただここにいて、いつもどおり、やるべきことをやればいいだけだ。要は、ここに眠っているものやこれから持ち込まれるものの管理だな。――それ以外のことは、俺や他の人間が引き受ける」

「俺や、って、アシュレイが――⁉」

仰天したユウリが、訊き返す。

「まさか、アシュレイも、この店に関わっていくつもりですか？」

「当然だろう」

認めたアシュレイが、「というか」と言い返した。

「今までだって、この店にはさんざん関わってきたつもりだし、これまでと違うとしたら、これからは、俺が全権大使として、この店の影のオーナーになるということだけだ」

「――影のオーナー？」

その微妙な言いようを今一つのみ込めずにいるユウリに対し、アシュレイが、「で？」と返事を求めた。

「お前は、ミスター・シンの頼みを聞く気があるのか、ないのか？」

そこで、少し考えてから、ユウリは決断する。

「わかりました。――とはいえ、僕も、そう簡単に自分の将来を決めたくないので、あくまでも、ミスター・シンが復帰できるまでという条件つきでなら、この店にあるモノの管理をお引き受けします」

「いいだろう」

アシュレイも、ひとまずその条件はのみ、手打ちとなる。

「これで、じいさんも、安心して養生できるというもんだ」

すると、それまで黙ってスマートフォンを操作していたシモンが顔をあげ、「話が決まったようなので」と告げた。

「及ばずながら、この僕も、この土地のオーナーとして、店の運営に関わらせてもらうことにしますよ」

突然の爆弾発言に対し、ユウリはおろか、アシュレイまでもが、驚いてシモンのほうを振り返った。

「え、シモン、なにを言っているわけ？」

「たしかに、そうだな」

珍しく全面的にユウリの言葉を受け入れたアシュレイが険呑(けんのん)な眼差(まなざ)しを向け、低い声で問い質す。

「さっきからちょっとおとなしくしていると思ったら、お前、コソコソと裏でなにをやった？」

「別に、たいしたことはしてないですよ」

スマートフォンを手にしたままさらりと応じたシモンは、「ただ」と説明する。

「この土地を管理している『メイヤード・エステート』は、ご存じのとおり、僕の母方の親族が経営する会社で、この場所のことは、最近になっていろいろと聞きました」

「ほお？」

アシュレイが皮肉げに受けて、続けた。

「貪欲(どんよく)なお貴族サマは、どこにでもすぐ首を突っ込みたがるようだ」

「貴方ほどでは」

軽い嫌みで応酬したシモンが、「それで」と言う。

「僕は、貴方のことを聞いてすぐ、大叔父に対し、この土地の複雑な権利を管理するために別会社を設立するよう進言したんです。――貴方が絡んだら、ロクなことにならないのは、わかっていましたから」

「なるほど」

納得しながらも底光りする青灰色の瞳で睨みつけてくるアシュレイに対し、シモンはスマートフォンを振りながら静かに宣言した。

「まあ、貴方のことだから、すでにおわかりだと思いますが、たった今から、その新会社は僕の管理下に入った――ということを、ここにご報告しておきます」

終章

外は、雪が降り始めていた。

ミスター・シンの店を辞し、フォーダム邸の前まで戻ってきたユウリが、隣を歩くシモンを見あげてポツリと言う。

「――シモン、アシュレイを怒らせたと思う」

「わかっているさ、それくらい」

降る雪を手ですくいながら、シモンは言い返した。

「でも、しかたないだろう。君が、あの話を引き受ける気がしたんだから」

それに対し、ユウリが困ったように応じる。

「そうだけど、まさか、シモンを巻き込むことになるとは、夢にも思っていなかった」

「そうかい?」

そこで、シモンは苦笑し、ユウリの肩を引き寄せながら続けた。

「だとしたら、君はまだまだ僕のことをわかっていない」

「そうかもしれないけど」

シモンの腕の中で高雅な顔を見あげつつ、ユウリが主張する。

「でも、シモンこそ、自分のことをわかっていないよ。あの場所のオーナーなんて、それでなくても、今、家の事業のことでバタバタしているのに」

「ああ、まあね」

溜め息とともに応じたシモンが、白い息を吐きながら言う。

「たしかに、そっちは大変だけど、それで言ったら、正直、あの店の土地のほうは、あそこでなにかが起こらない限り、特にやることはないから安心していいよ。——つまり、大変なことはなにもない」

どうやら、契約書などの書類仕事以外、年間を通してやることはないらしい。

「でも、なにか問題が起きれば、シモンが対処することになるんだよね？」

「そうだけど、その前に、あの店の『影のオーナー』であるアシュレイに責任を取ってもらうつもりだから。——まあ、とはいえ、人に責任転嫁することにかけても天才的な能力を発揮しそうだから、多少の苦労はありそうだけど」

若干げんなりして嘆いたシモンが、「でも、それより」と責める口調になって言う。

「言わせてもらえば、君のほうこそ、あんなことを安易に引き受けて、本当によかったのかい？」

「あ、うん。それね」

そこで、ユウリは家の明かりに視線を移しながら、「実は」と告白する。その一瞬、月光に透けてしまいそうなくらい儚げに見えたユウリに対し、シモンの中でどうしてか「メネラウス」というあの言葉が重なった。

もっとも、その月は今、雲に隠れてしまって見えないが――。

「正直、本当に急すぎて、まだいいことなのか、早まったことなのか、判断がつきかねているんだけど、ただ、この前、旅行に行った時に、父が僕に言ってくれたことが頭にあって……」

「フォーダム博士が？」

意外そうに応じたシモンが、訊き返す。

「なんて？」

「それは、シモンや父のように自分で運命を切り開くタイプの人間と違い、基本、受け身でいる僕なんかは、運命のほうが勝手に動くから、焦らずにその時を待てばいいっていうようなことで」

「へえ。……運命がね」

感慨深げに繰り返したシモンに、ユウリが言う。

「たしかに、言われてみれば、これまでずっとそうだった気がするし、だとしたら、いろいろと迷っているこのタイミングで、こんな話が降って湧いたのも、ある種の運命かもしれないと思ったんだ」

「なるほど」

　ひとまず納得したシモンが、しぶしぶながら認める。

「まあ、なんだかんだ言っても、決して苦手な分野に進むわけではないし、君が心からそうしようと思ったのであれば、あまりうだうだ考えず、僕も、これから新しく始まる未来を楽しむことにするかな。――考えてみれば、これで、ロンドンに片足をつっこむ絶好の口実ができたわけだし」

　シモンに視線を戻したユウリが、小さく笑って応じる。

「そうか。ものは考えようだね」

「そのとおり」

「それに、その考えでいくと、申し訳ないと思いつつ、シモンが背後にいてくれることになってホッとしたから、実は、僕も、今は不安より期待のほうが大きいんだ」

「へえ」

　嬉しそうに応じたシモンが、「だとしたら」と告げた。

「アシュレイに喧嘩を売った甲斐があったというものだよ」

　そこで、クスッと笑い合った二人は、肩を並べてフォーダム邸へと入っていく。

二人が消えたあとには、ただしんしんと降り積もる雪があるばかりだ。
大地が春を夢見ている――。
そんな二月の夜のことだった。

あとがき

今年の冬は、とんでもない寒さになると誰かが言っていましたが、本当なのか出まかせなのか──。あとがきを書いている今の段階ではまったくわかりませんが、できれば、暖冬であってほしいものです。

寒いの、苦手……。

な～んて、ご挨拶が遅れましたが、こんにちは、篠原美季(しのはらみき)です。

「欧州妖異譚」シリーズの最終回である『アザゼル～緋(ひ)の罪業～　欧州妖異譚25』をお届けしましたが、いかがでしたでしょう。──まあ、あの衝撃的な「英国妖異譚」シリーズの最終回に比べたら、格段にソフト・ランディングだったのではないでしょうか。

それって、私自身が年を取ってハード・ランディングができなくなっているのか。

はたまた、やはりこのコロナ禍で疲弊した心が、平穏無事なものを求めてしまっているのか。

両方かもしれませんね（笑）。

なんであれ、シリーズ最終回と言っておきながら、すでにお分かりの通り、「妖異譚」シリーズとしてはまだまだ続きます。「英国」に始まり、「欧州」へと舞台を広げ、次はさ

すがにタイトルがないぞと思っていたのに……、ありました♪

ぴったりなのが。

その名もずばり――。

「古都妖異譚」です。

当然、「古都」といえる場所ならどこでも舞台になるので、なんの問題もなくふつうにシリーズを続けられます。

ただ一つ、大きく変わるのは、イラストです。

およそ二十年、シリーズを支えてくださったかわい千草(ちぐさ)先生が、この度、諸々(もろもろ)のご事情でご卒業なさる運びとなり、代わって、相棒を失い、途方に暮れてしまっていた私からの熱烈なラブコールに応え、蓮川愛(はすかわあい)先生が引き受けてくださることになりました!!

かわい先生のファンの方々にとっては、本当に残念なことだとは思いますが、人生とはままならないものです。ゆえに、今後はぜひとも、少し大人の色気を帯びたシモンやアシュレイ、そして、新たに生まれ変わったユウリの姿を楽しみにしていてください。

しかも、これを機に、形態も今までの文庫サイズからソフトカバーの単行本サイズに変え、若干大人っぽい作りにしていこうと考えています。――というか、編集部の方々が考えてくださいました。

改めて思うのですが、「妖異譚」シリーズは、本当に様々な方々のお力添えがあって続けていくことができていて、感謝してもしきれません。そんな皆様のご助力に報いるため、また応援してくださる読者の皆様のためにも、今後とも精進し、読み応えのある物語を生み出していけたらと願っています。

ということで、シリーズとしての内容も、今までとまったく同じというわけにはいきません。……まあ、ユウリとシモンとアシュレイの三人を中心に話が展開することは不動ですが、さしあたって、その周辺にいる人々を一新します。

もちろん、物語上、アーサー・オニールを始めとする仲間たちとの友情は続いているので、折に触れ、彼らも個々に出て来るとは思いますが、それぞれの道を歩み出した彼らとは少し距離を置き、新たに関わることになる人物を配置していくつもりです。

その筆頭については、実はすでに既刊でチラッとお目見えしているんですよね。

その人物と、彼を取り巻く人たちが、ユウリやシモン、とりわけアシュレイと、どういう立ち位置で、どういったバトルを繰り広げていくかが、今後の鍵となるでしょう。

いや、鍵とすべし!!（↑自分に言い聞かせている）

そんなこんなで、『ハロウィン・メイズ～ロワールの異邦人～　欧州妖異譚23』以降、かなり唐突にシリーズの終了となり、「あれ？　あれ？　あれ？」と思った方も多いとは思いますが、「妖異譚」シリーズとしては装いも新たに続いていきますので、これからも応援していただけたら嬉（うれ）しいです!!

そして、それとは別に、ホワイトハートのほうで、できれば新しいシリーズを立ち上げたいと考えています。

ただ、今の時点ではまだ内容をいっさい決めておらず、なにも言えませんが、来年のどこかで始動するつもりでいますので、よければ、そちらのほうも、書店で見かけたりお知らせを見たりした時は、ぜひ手に取ってご覧になってください。「妖異譚」シリーズに負けないくらい、登場人物に愛着を持っていただけるような内容にできたらな〜と、これぱかりは、お約束というより、かなり希望的観測で考えています♪

ということで、最後になりましたが、およそ二十年という長きにわたって私たちと並走してくださったかわいい千草先生、本当にお疲れ様でした。ここに感謝と限りない愛を捧げたいと思います。また、このシリーズに最後までおつきあいくださったすべての方々に、心からの感謝を捧げます。

では、次回作でお目にかかれることを祈って――。

鈴虫のなく秋の宵に

篠原美季　拝

イラストは蓮川 愛先生!!

今度の物語は豪華な単行本！

発売は2月12日予定!!!

『アザゼル～緋の罪業～　欧州妖異譚25』、いかがでしたか？

篠原美季先生、イラストのかわい千草先生への、みなさまのお便りをお待ちしております。

篠原美季先生のファンレターのあて先

〒112-8001　東京都文京区音羽2-12-21　講談社　文芸第三出版部「篠原美季先生」係

かわい千草先生のファンレターのあて先

〒112-8001　東京都文京区音羽2-12-21　講談社　文芸第三出版部「かわい千草先生」係

N.D.C.913　302p　15cm

篠原美季（しのはら・みき）
４月９日生まれ、Ｂ型。横浜市在住。
茶道とパワーストーンに心を癒やされつつ
相変わらずジム通いもかかさない。
日々是好日実践中。

講談社X文庫

white heart

アザゼル～緋の罪業～　欧州妖異譚25

篠原美季

●

2020年12月３日　第１刷発行

定価はカバーに表示してあります。

発行者――渡瀬昌彦
発行所――株式会社　講談社
東京都文京区音羽2-12-21 〒112-8001
電話 編集 03-5395-3507
販売 03-5395-5817
業務 03-5395-3615
本文印刷－豊国印刷株式会社
製本―――株式会社国宝社
カバー印刷－半七写真印刷工業株式会社
本文データ制作－講談社デジタル製作
デザイン－山口　馨

ISBN978-4-06-521905-8

ホワイトハート最新刊